그 누군가에겐
희망이 되어 주기를

그 누군가에겐
희망이 되어 주기를

서 창 범 지음

창작시대

누구에게나 소중한 일상의 한 컷 한 컷이 뒤돌아본 어느 순간, 아득하게 느껴질 때 우린 가끔 허망함을 느끼곤 한다.

바쁘게 지나쳐온 우리네 일상의 의미는 무엇이었으며, 우리는 무엇을 갈망하며 이토록 정신없이 달려왔는가에 대한 사고는 누구든 한번쯤은 해봄직하다. 지나온 시간을 곧잘 메모나 일기형식으로 남겨온 나는 독자로 하여금 어쩌면 소소하고 어쩌면 큰의미가 아닐수도 있는 이 이야기가 우리가 아득하게 느껴졌던 그런 기억하고싶은 삶의 작은 의미의 결집이라고 말하고 싶었다.

켜켜히 쌓여온 지난 날의 조각들이 이렇듯 한 권의 책으로 출간되는 지금, 나는 무척이나 설레인다. 그것은 내가 그동안 살아왔던 날들의 기념비적인 일상이라서가 아닌, 앞으로 내가 살아갈 날들의 지침이 되어줄 것임을 확신하기 때문일 것이다.

앞으로 이 지침을 통해 살아갈 나의 삶의 여정이 더욱 빛나길 기대해보는 것은 헛된 꿈일까?

지금 난 결코 그렇게 생각하지 않으며, 이 작은 책의 첫 장을 펼쳐보려한다.

– 서창범

Contents

1
눈물 방울은 이슬방울처럼

　일상에서 느끼지 못하는 작은 행복을 찾아서 오늘도 떠나 보려 합니다. 아침에 얼굴을 살짝 보고 저녁에야 볼 수 있는 아내의 얼굴을 그려봅니다. 아이들이 품을 떠난지 얼마 되지 않았지만 많이 보고 싶은 아이들입니다. 저녁상을 마주 앉아 묵묵히 식사를 하면서 우리의 날개가 이젠 다 날아가 버린 것인지, 떨어져 나간 것인지 모를 정도로 쓸쓸함 그 자체인것 같군요. 짝을 찾아 떠난 것은 아니지만 자신만의 공간으로 떠나버린 아이들이 많이 보고 싶고 그리워 집니다.

　피곤한 아내를 대신해서 상을 치우고 TV앞에 앉았습니다. ― 아이구 피곤해요. 베개 한 개만 갖다 줄래요. ― 아니 여기 베고 누워봐, 살집이 하나도 없는 제 다리에 머리를 대고 누워 있는 아내를 바라 봅니다. 아직도 소녀처럼 까만 머리 결이 예쁘기만 한데 왠지 세월의 흐름에는 당할수가 없는 것 같군요. 새하얀 머리가 이마를 내밀고 나오기 시작한 모습이 할머니가 될 준비를 하는가 봅니다. 아직 아이들은 결혼할 생각도 않는데 할머니, 할아버지가 된다는 기쁨도 좋지만~ 세월 속에 할 수 없이 내 의지와는 관계없이 할아버지, 할머니가 됩니다.

전화벨이 울립니다. 막내입니다. 엄마 뭐해, 밥 먹었어, 아빠는, 응, 알았어, 매일 들어도 싫지 않은 아들의 목소리, 살며시 소리없이 흘러내리는 눈물방울은 아침 이슬방울처럼 아들에 대한 고마움 행복의 징표가 아닌가 합니다. 늘 고맙고 아무리 많이 줘도 또 주고 싶은 내 보석상자, 부모의 마음은 다 그런가요. 내가 가진 것 하나도 없어도 사랑만이라도 듬뿍 줄 수 있는 부모가 되었으면 좋겠는데, 현실은 현실인만큼 물질을 더 많이 바라는 요즈음 아이들에게 많은 슬픔을 안고 살아가는 부모님들의 아픔을, 진정한 삶이 무엇인가 많이 생각하게 되는 요즈음의 삶입니다.

삼십년을 살아오면서 한번도 큰 소리 내지 않고 묵묵히 말없이 조금 주면 주는대로 불평불만 없이 살아오면서 다른 어느 며느리보다 더 정성을 다해 아버님, 어머님을 모셔주신 고마운 나의 사랑스러운 아내는 이 세상에서 어디서도 볼 수 없는 천사였습니다. 아직도 살아계신 장모님은 딸이 넷인데 제일 마음씨 착하고 고운 마음을 가진 셋째딸을 저에게 선물하신 저에 소중한 또 한분의 어머님이십니다.

다리가 많이 불편하셔서 구루마를 밀면서 다니시는 전형적인 대한민국의 많은 할머님들중에 한분이시지만 전 많이 많이, 장모님을 사랑합니다. 고맙습니다. 감사합니다.

아이들과 같이 살때는 TV채널 앞에서 무엇이든 틀어 달라고 한마디만 하면 잘 틀어주던 아들이 많이 보고 싶습니다. 엄마 가요무대 틀었어, 빨리 와서 봐, 할머니한테 전화 해야지, 가요 무대 보시라고, 그렇게 착한 아들이 학교를 다니다가 이제 군에 간다고 준비를 하고 있어요. 키가 저보다 훨씬 크고 등치는 외갓집 식구를 닮아서 좀 뚱뚱한 아들입니다.

저는 별로인데 아내는 아들에 대한 사랑이 너무 커서 아들이 있으면 전 항상 찬밥 신세거든요. 이 세상 모든 부모의 마음은 다 그렇겠지요. 자식에 대한 보상이 없고 바램이 없는 무조건적인 사랑이 이 사회를 많이 따뜻하게 합니다.

머리를 감으면서, 거울을 보면서 제 자신을 바라볼 때가 많아요. 너무나 늙고 초라해져가는 앙상한 얼굴 머리가 길면 보기 싫을 정도로 많이 난 흰머리를 보면서 세월에 무상함을 느낄때가 많아요.

진정 행복의 굴레에서 평생을 갇혀서 사는 사람들은 얼마나 좋을까 하는 생각도 가끔은 해보면서 지금까지의 살아옴을 뒤돌아 볼때가 많아요.

생생히 떠오르는 옛날을 마음속에 차곡차곡 쌓아 두면서 그래도 나는 나보다 더 힘들고 어렵게 살아 가는 분들보다는 행복했었노라고 혼자만이 슬그머니 대답합니다.

에어컨은 없지만 오늘 하루도 열심히 살아온 아내는 선풍기 바람을 마음 속에 담으면서 어느새 잠이 들었네요. 불쌍한 내 아내 입니다. 너무 착하기만 한 내 아내 입니다. 여보 많이 미안해요.

슬그머니 베개에 머리를 옮기고 다시금 책상 앞에 앉아서 나만의 세상에 빠져 드는 행복을 찾고 있습니다. 항상 늘 저에게 아내 이외에 또다른 행복을 주는 펜과 백지를 저는 많이 사랑합니다.

TV를 끄고 창문을 열어 놓고 커피 한잔을 벗삼아 보고 싶은 딸을 그리면서 사랑스러운 아들을 생각하면서 나는 행복한 사람, 행복합니다라고 하면서 슬그머니 미소를 지으며 혼자 슬쩍 웃어봅니다.

이밤도 너무 더워서 대문을 열고 나가면 바로 공원, 공원에는 많은 어르신들이 세월 속에 묻혀서, 한바퀴, 두바퀴 공원을 산책하시는 모습을 봅니다. 내 멀지 않은 앞날이 펼쳐지는 순간이 아닌가 합니다. 이 사람아 그런 소리 하지 말게 자네도 얼마 안 남았어, 라는 소리를 유난히 많이 들으면서 살아가는 요즈음 입니다. 무엇이 얼마 안 남았는가.

늙고 있는 자신은 부정 하지만 세월은 거짓말을 하지 않는다는 사실을 말입니다.

선 잠을 깬 아내는 대문을 열고 나옵니다. 아무도 없는 옆에 꼭 있어야 마음이 편하다는 아내는 그 새를 못 참고 나를 찾아 나왔습니다. — 안 자고 뭐해요. 내일 출근 해야지 —

말없이 얼굴에 웃음만 머금으면서 손을 꼭 잡고 들어 옵니다.

— 이제 그만 잡시다 —

짧은 순간의 제 일상의 한 부분입니다. 여러 친구님들은 더 많은 더 큰 행복 속에서 오늘도 행복 하신거 맞나요.

안녕히 주무세요. 아이들 말로 "코" 자요.

2
행복이 아직 남아있습니다

내가 놀던 정든 시골길. 소달구지 덜컹 대던 길, 시냇물이~ 노래에도 있듯이 어린시절에는 시골이면 어디서든지 흔히 볼 수 있는 우리 자연스러움이 배어 있는 아주 친숙한 길입니다.

5일장이 서는 날이면 일하는 아저씨를 데리고 소달구지에 짐을 잔뜩 싣고 장에 가시는 아버님, 아버님이 오시기를 무척 많이 기다렸던 어린 시절 이었지요, 오실때는 꼭 제가 좋아하는 눈깔사탕을 사오시고 어머님이 좋아 하시는 동동 구루무를 사오셨기 때문입니다. 나는 눈깔사탕을, 어머님은 동동구루무를 받는 기쁨이 행복이었습니다.

어머님은 그 동동구루무를 아끼시면서 항상, 내 손에 얼굴에

발라 주셨습니다.

아버님이 장에 가시면 언제나 들르는 곳이 있습니다. 그리고 항상 늦게 오셨습니다. 일하는 아저씨는 일찍 소달구지를 끌고 오셨습니다.

할아버님이 읍내에서 이집 저집 다니시면서 약주 잡수신 값을 갚아 주시고 오시느라 항상 늦었습니다.

기다림에 지친 어머님은 내 손을 잡고 아버님의 바양을 갑니다. 예쁘고 따뜻한 어머님의 손을 잡고서.

많이 행복했던 그 옛날입니다. 얼마를 갔을 때, 아버님의 그림자가 보이면서 점점 가까워 지면서 술냄새가 진동을 합니다. 컴컴한 밤에 아무 말없이~~

항상 아버님의 어깨는 축 늘어진 이 세상 모든 근심을 다 걸머지신 아버님이셨습니다. 언제나 축 처진 어깨가 올라갈 것인가 참 많이 슬펐던 기억이 납니다. 약주를 좋아 하시던 할아버지는 항상 낙천적으로 사시면서 아버님의 마음을 많이 아프게 하셨던 것 같았습니다. 하얀 두루마기에 갓을 쓰시고 지팡이를 짚고 천천히 전형적인 양반 그자체 이셨던 할아버지는 "문방사우"를 좋아하시던 할아버지 옆에서 먹을 갈고 있던 나는 많이도 혼났습니다. 아무리 갈아도 할아버지 마음에 들지 않았기 때문입니다. 몇번을 붓으로 찍어 보시더니 이제 됐다. 그만 갈아라. 한지 위에 붓을 들으신 할아버지는 단숨에 쉬지도 않고 글을 써내려 가십니다. 글 자체에서 용이 승천하는 그런 힘이 솟아나는 느껌입니다. 붓을 내던지고 일어서십니다.

무슨 말인지 무슨 뜻인지는 몰랐지만 할아버지는 멋있는 선비였습니다. 할아버지 밑에서 아버님 또한 학교는 못 다녔지만 한문은 모르시는 글자가 없을 정도로 한문에 달인이셨던 아버님은 할아버님의 그늘에서 어깨 너머로 많이 배우신것 같았습니다. 옛날 마을이 처음 생겨날 때 아버님은 초대 이장을 하시면서 마을에 산재해 있는 땅들의 지적부를 만드시기도 하신 아버님 이십니다. 정말 할아버지는 양반의 전형적인 그대로 이시고 아버님은 할아버님 보다는 못하시지만 저에 자랑스러운 두분이십니다.

학창시절에 사백명이 넘는 중에 한문을 백점 맞는 사람은 저 하나 일 정도로 한문을 많이 알았던 저도 먹고 사는 핑계로 이제는 머리에 들었던 한문도 차츰 차츰 떠나고 몇자 안 남았습니다. 알듯, 모를 듯 부끄러운 저가 되고 말았습니다. 그러나 나에게는 기쁨이 행복이 아직 남아 있습니다. 그것은 내 아이가 학교에서 한문 선생님을 한다는 행복감입니다. 옛날로 말하면 할아버지처럼 훈장님이 아닌가 합니다.

지금까지 너무나 안일하게 무심하게 살아온 것 같습니다. 조금 있으면 할아버지, 할머니 그리고 아버님 어머님을 만나러 갑니다. 자주 찾아 뵙지는 못하지만 많이 보고 싶은 조부모님, 부모님 이십니다.

할아버지 할머님 산소는 예초기를 대지 않고 조용히 찬찬히 정성을 들여 낫으로 이발을 해 드립니다. 아버님, 어머님은 낫으로도 깍아 드리고, 예초기로도 깍아 드려도 아무 말씀 안 하십니다. 조 부모님은 예초기 구경을 못 하시고 너무 시끄럽다고 싫어 하십니다. 아버님, 어머님은 예초기를 보셨기 때문에 이해를 하십니다.

내 마음속에 떠나지 않은 할아버지의 모습을 항상 약주를 하셔서 그렇지만, 붓만 잡으시면 정말 멋있어 보이셨던 할아버님이 내 마음속에는 살아 계시는 것 같습니다.

네분 지금 이시간에도 깜깜한 지하에 계시지않고 하늘을 훨훨 날아 다니시면서 살고 계시지 않을까요. 존경합니다. 할아버지, 할머니, 그리고 아버님, 어머님 (감사합니다.)

3
조금은 말없이 소리없이

이제는 그런 느낌을 그렇게 많이 받지는 못해요. 한달에 한 두번의 한양을 가면서 많이 받아요.

예쁜 사람, 아름다운 사람을 보면서 연식은 좀 됐지만 그래도 내 연식에 여자분들은 많이도 정말로 곱게 우아하게 세월을 적응하면서 자신만의 비법으로 예쁨을 아름다움을 유지하면서 살고 있는 것 같네요.

너무나 시골에서 자연 그대로의 늙으신 어르신들을 많이 보면서 하루 또 하루를 보내다 보니까 저도 모르게 어르신들의 마음으로 제 겉 모습도 그렇게 탈바꿈 되어 가고 있지 않나 하는 생각이 듭니다.

나이가 들어감은 슬픔이 아니지만 많은 사람들은 싫어해요.

영원히 늙지 않고 젊음을, 아름다움을 유지하려고 무궁 애를 써요. 젊음은 젊음대로 아름다움과 예쁨으로 세상을 벗삼아 자신도 모르게 탈바꿈 해요. 조금씩 말없이 소리없이 늙음의 세계로 가요.

늙음은 늙음대로 어느 정도의 속도인지 모르는 상태로 하루가 눈앞의 세상에서 어떻게 될지 모르는 불분명한 하루의 연속입니다. 누구든지 늙음에는 당할 수 없듯이, 저 먼 보이지 않는 세상을 향해 가고 있는 저 자신을 발견 할 때가 많아요. 무엇이 그렇게 만들었나 누구를 탓하고, 누구를 원망 하면서 남들이 다 생로병사의 공식 속으로 들어가는 삶을 영위하는데, 나만이 그 틀에서 벗어날 수 없어요.

지금도 가고 싶지 않아요. 늙음의 세상으로, 그 세상으로 가까이 가면서 갈수록 이승에서의 잘 살았든, 못 살았던 또 다른 세상으로 가야하는 슬픔아닌 슬픔에 빠지지 않으려고 애쓰지만 누구나 다 가는 그런게 아닌가 해요. 살아 있음에 감사를 합니다. 아픔이 없음에 감사를 합니다. 걸을 수 있음에, 앞을 볼 수 있음에, 아픔이 없음에 감사를 합니다. 걸을 수 있음에, 앞을 볼 수 있음에, 그리고 이렇게 내 마음 속에 도사리고 있는 작은 마음을 펜으로 쓸 수 있음에 감사를 합니다. 세상에는 하잘것 없는 많은 것들에 대한 감사를 모르면서 당연히 누려야 되는 것처럼 생각하고 살아가는 많은 사람들 틈에서 오늘도 숨쉬고 있음에 감사를 합니다. 많이 아주 많이요.

같은 사람인데 제 마음은 그래요. 어르신들을 뵐때는 나도 모르게 흘러 나오는 아픔, 나도 저렇게 늙어 가고 있구나 하는 생각을 해요. 그러면 아픔이 생겨요. 좀 젊고 발랄한 젊은이들을 보면 기분이 좋아져요. 나도 모르는 그들에게 살아있는 생동감 넘치는 젊음을 제가 들여 마시는 기분, 내 몸을 충전하는 느낌이 저절로 좋아지는 그런 느낌이 들어요.

짧은 순간 스쳐 지나가지만 그 마음은 많이 남아서 기분은 좋거든요.

나이가 들수록 우리만의 세계로 가는 것도 좋지만 젊음의 세계에 동화되어 그들의 속으로 들어가서 함께 호흡하면서 생활하는 그런 구도로 사회가 바뀌어야 된다고 봅니다. 젊은이와 같이 했을 때 자신도 모르게 젊어지고 그런 마음으로 바뀌면서 살면 좋은게 아닌가요.

언제나 보는 아내한테 예쁨을 찾아 보는 마음을 갖고 같이 늙어 가면서 서로에게 상처 주는 말을 하지 말고 사랑스러운 말 이 나이에 자식들은 엄마 아빠의 오골거리는 말에 싱긋 웃을지 몰라도 자주 그리고 아주 많이 사랑한다고 좋아한다고 표현해 주고 진하지는 않지만 자주 스킨쉽도 하면서 살아가면 정말 좋지 않나요. 이 세상에서 제일 좋아하는 아내, 남편이 옛날 꿈이 있는 낭만이 있어서 한참 불이 타올랐을 때 보다는 식었지만 그래도 좋아해주고 좋아하고, 사랑해 주고 사랑하는 마음을요.

예쁜 마음, 착한 마음, 아름다운 모습은 젊음이 있을 때만 가지는 특권은 아닙니다. 다만 젊음이 있을 때는 더 멋지게 아름답게 보일 뿐입니다. 나이가 들면서 젊었을때 보다는 덜 하지만 예쁨대신 고움을 착함대신 부드러움을 아름다움 대신 인자함을 그리고 존경스러움이 갖춰지면서 인간의 참 모습이 보이는게 아닌가 합니다.

만나는 모든 사람에게 나이에 관계없이 먼저 인사하는 마음을 가져봄은 어떤지요. 처음에는 많이 어색하고 쑥스럽지만 조금만 지나면 자신의 몸에서 고운 마음, 착한 마음, 사랑하는 마음이 가지게 되는 자신을 발견하게 됩니다. 사랑하는 마음을 가집시다. 착한 마음을 가집시다. 예쁘게 살면서 기쁜마음으로 행복한 마음으로 살아 갑시다. 세상은 아름답습니다.

오늘도 저 하늘은 말해 주고 있습니다.

행복의 나라는 누구나 다 마음속에 가지고 있다고요. 그렇습니다. 조금만 이해하고 배려하는 마음만 가지고 있다면 세상은 행복의 나라입니다. 행복의 나라가 되는 초석은 사랑입니다. 우리 모두 사랑하는 마음을 가집시다. 사랑은 행복의 지름길을 가는 직행열차니까요. 오늘도 두서없이 여기까지 왔네요. 사랑합시다. 행복해 집시다. 길은 마음에 있습니다.

4
구체적으로 말씀해주세요

오늘은 대한민국 신인문학상 시로 부문에서 대상과 금상을 받으신 두분 정주몽 선생님, 이원방 선생님을 모시고 이야기를 나눠 보도록 하겠습니다.

안녕하십니까. 정주몽 선생님, 이원방 선생님.

예. 감사합니다. 초대해 주셔서 영광입니다. 정선생님은 연세가 좀 있으신데 좀 늦게 문단에 데뷔 하셨습니다. 그동안 좋은 작품 많이 쓰신것 이제는 공개해 주세요. 부탁드립니다. 부끄럽습니다. 많이 부족합니다.

이선생님 아깝게 금상을 수상하셨는데 정선생님 작품평을 조심스럽게 부탁해도 될까요.

아이구 선생님, 못합니다. 원래 좋은 작품으로 저는 정선생님

그림자도 못 따라가는 졸작이었습니다. 정선생님 좋은 작품 감사합니다.

정선생님은 문무를 겸비하신 훌륭하신 분으로 모든 국민의 추앙을 받고 계시는데 장군으로서 평생을 살아 오시면서 좌우면이랄까. 선생님이 평생 살아 오시면서 힘이 되어 주신것이 있다면 한말씀 부탁드립니다. 나라에 충성만 하고 나라를 사랑하는 지키는 한 글자 충성 충.. "충"입니다. 예.

뜻 깊은 한 말씀이군요. 감사합니다.

이선생님도 똑같은 질문을 드려볼까 합니다. 평생을 아버님을 모시면서 살아오면서 저또한 정선생님처럼 "충"을 위해서 살아왔습니다. 구체적으로 한 말씀 주세요. 저의 아버님도 장군으로서 정선생님처럼 나라를 사랑하고, 평생을 나라를 위해서 헌신해 오셨습니다. 저는 아버님을 잘 모시는게 "충"이라고 생각합니다. 그래서 아버님을 향한 저에 마음이 곧 "충"이고 나라에 대한 "충"입니다. "예" 감사합니다.

정선생님은 이선생님은 전부 우리나라에 별입니다. 하늘에서 크게 빛을 발하는 별. 이번을 계기로 나라에 동량이 되어 주신 별. 학문에서도 별이 되셨습니다. 정선생님 한 마디 해 주세요.

이제 제가 살아야 얼마나 살겠습니까. 남은 여생을 초야에 묻혀 이태백과 이야기하면서 강가에 배를 띄워 놓고 세월이나 낚으면서 남은 생을 즐기려 합니다. 예. 선생님은 연세도 있으시고 이제는 군복을 벗으시고 초야에 묻혀 세상을 살을까 합니다.

이선생님도 같은 질문을 드립니다. 아직 때는 이른 것 같지만 아버님은 또 다른 세상을 꿈꾸면서 살고 계시는것 같습니다. 제가 살아 있는 동안은 나라에 충성하고 아버님의 뜻을 받들어 열심히 살겠습니다.

흔히들 사람들은 그런 소리를 합니다. 정선생님은 연세가 있으셔서 지는별, 이선생님은 아버님은 떠오르는 별이라고 합니다. 두분 장군님은 나라님을 위한 좌청룡, 우백호로 평생을 살아오셨습니다.

마지막으로 정선생님, 이선생님의 수상작을 들으면서 지으시게 된 동기를 간략히 설명해 주시면 감사 하겠습니다.

이 선생님부터 부탁드립니다.

이런들 어떠하리 저런들 어떠하리

만수산에 ~ 어떠하리

우리도 ~~

새로운 희망의 세계를 만들고자 하는 아버님의 유지를 받들어 세상사람 모두를 품에 안고 가고자 하는 큰 뜻이 담겨 있습니다. 감사합니다. 고맙습니다.

정선생님도 마지막으로 한 말씀 부탁드립니다.

이몸이 죽고 죽어 일백번 고쳐 죽어 ~

백골 ~~ 고 ~

임향한 ~~ 있으랴 ~

부모님은 평생 부모님 입니다. 내 부모가 건강 하실때도 부모님 입니다. 편찮으셔도 부모님 입니다.

　나라가 어지럽다고 버립니까? 부모님이 편찮으시다고 버립니까?

　죽는 그날까지 "충" 충의 마음으로 살겠습니다.

　장시간 감사합니다. 고맙습니다. 두분 감사합니다. 이상 마치겠습니다.

5
큰 사랑을 원하는게 아닙니다

제자리는 언제나 늘 그곳에 있습니다. 모든 친구님들이 찾아올 수 있는 곳, 그러나 저를 만나기는 쉽지 않아요. 사람들이 많이 빨리 친해지고 싶고 또 많은 사람들이 빨리 싫증을 갖고 떠납니다. 언제부터인가 우리의 마음속에 우리 마음이 의도하는 바와는 별개로 다른 마음도 공존하고 있다는 사실을 너무나 모르고 오랜 세월을 살고 있기 때문입니다.

사랑합니다. 좋아합니다. 님과 같이 있습니다. 내 곁에 늘 님과 같이 있고 싶어 합니다. 쉽게 빨리 마음을 열면 열수록 그 열기는 빨리 식고 빨리 꺼져 버립니다.

아무런 장비도 없이 야영을 갔습니다. 날이 저물어 가고 춥습니다. 불을 피우고 싶습니다. 성냥도 라이타도 없어요. 자 이제

불을 꺼 봅시다. 어떻게 해야 합니까. 마른 건초를 찾고 불이 잘 붙을만한 연료를 찾습니다. 그 다음에는 원시적인 방법으로 오랫동안 힘겹게 애를 쓰다 불을 지핍니다. 그렇습니다. 힘들이지 않고 라이타로 성냥으로 지피는 불은 자신에게 고마움을 소중함을 모릅니다.

진한 "그" 무엇의 과정을 거쳐 상대방의 고귀함과 소중함을 알아 가면서 천천히, 아주 천천히 내 마음을 조금씩 전달하면서 자연스러움이 밴 편한 마음이 배어날때 우리는 상대방을 신뢰하고 친해지고 싶고 그런 마음이 생깁니다.

카스를 통해서 얻은것은 잃은것은 많습니다.

얻은것은 너무나 따뜻하신 분들이 많은데 그 분들을 다 받아들이지 못함이 무척 많이 안타깝고 슬픕니다. 워낙 제 그릇이 좁아서요. 잃은 것을 말하지 않을래요. 슬픔이고 아픔이니까요.

댓글을 달고 싶은데 친구만을 위해서, 닫아 두어서 ~~ 제 마음은 그대로 우러 나오는 그대로를 달아 드려요. 받아 들이시는 분이 좋은지 나쁜지 많은 생각을 하지만 아직도 멀었어요. 제가 많이 부족하거든요. 댓글 다는 솜씨가요.

기쁨을, 즐거움을, 행복을 마음에 담으면서 차곡차곡 가슴에 쌓으면서 살아가시는 많은 분들 틈에 있는 저 자신이 많이 행복합니다.

많이도 혼납니다. 아내한테 틈만 있으면 선생님들의 좋은 글을 읽으면서 내 마음은 자꾸 ... 행복해 지는데 말 입니다. 아내를 사랑합니다. 남편을 사랑합니다. 친구님들 연세가 들어 가면서 더욱 많이요. 큰 사랑을 원하는게 아닙니다. 내 반려자들은 옛날 그 시절처럼 활활 타오르는 장작불처럼 그런 사랑을 원하지 않습니다. 그냥 보고 있기만 해도 편한 사랑, 행복감이 배어 나오는 느낌, 커피 한잔에 감탄하면서 같이 말은 없어도 우수에 젖을 수 있는 느낌, 산책을 하면서 손을 잡고 천천히 자연을 감상하고 즐거운 마음으로 기쁨이 저절로 살아온 뒷날을 회상하는 그런 마음이 젖어 들게 하는 그런 마음, 느낌이 ~~~

사람들은 그런 말을 합니다. 며칠전만 해도 더워서 못살겠느니 더워서 죽겠느니 하면서 살았거든요. 마음을 많이 변하게 하는 그 분, "입추"라는 그분이 다녀 가지고는 말복이라는 분이 아직 안 가지고 있는대 결실의 계절, 수확의 계절에 대한 고마움을 ~~

어떻습니까? 오늘은 좀 시원해 졌습니까? 아무리 더워도 마음으로 시원한 감정을 느낌을 가지고 살면 시원하게 불어주는 바람님보다 더 시원함을 느끼기도 합니다.

이제는 "복날" 때문에 집 나간 멍멍이가 집에 들어 가려고 합니다. 그래서 제가 아직 좀 일러, 말복이란 분이 다녀가시지 않았어. 그 분이 가시면 몇일 더 있다 들어가라고 말해줬어요. 나보고 참 세상에 "고마운 사람 아저씨래요."

항상 오늘은 행복 합니다. 하지만 내일은 더 행복해졌으면 하면서 우리는 하루 또 하루 살아 갑니다. 짜증 나세요. 더워요. 스트레스 받으시는 일이 있어요. 내지 마세요. 조금만 참아요. 푸세요. 그리고 기쁜 마음, 행복한 마음만 가슴에 담고 살아요. 좋은거 잖아요. 행복이요. 감사합니다.

가을 냄새가 제 코를 자극합니다. 친구님들 코에는 냄새가 안 납니까? 예. 오늘도 감사합니다. 행복하시길~

6
오은문학 수필등단작 〈휴가〉

　말만 들어도 즐거움이 기쁨이 솟아나는 단어입니다. 생각 났습니다. 이것도 옛날입니다. 젊은 시절 직장 다닐때 휴가때가 되면 보너스 봉투에 선물 보따리를 들고 고향행 열차나 버스를 타고 떠나던 휴가였습니다.

　회사 광장에 각 지역으로 떠나는 각 도에다 한대씩의 버스에 몸을 싣고 떠났던 휴가, 어린아이 새옷 입혀서, 아내는 새색시처럼 예쁘게 꾸미고 난 제법 그럴듯 하게 넥타이에 양복을 차려 입고 고향을 가던 때, 많이 즐거웠습니다. 많이 행복했습니다.

　마을 어귀에 들어서면 고향 친구들이 너도 나도 뉘집 아들 오네. 뉘집 딸 오네 하면서 동구밖 느티나무 아래서 마을을 들어오는 많은 집나간 자식들을 기다리시던 부모님들 내딸, 내아들 가족이 올때마다 반가워서 어쩔줄 몰라 하면서 기뻐해 주시던 부모님들 이셨습니다.

예쁘고 귀여웠던 내 새끼는 할아버지 품에 안겨서, 좋아서 즐거워서 어쩔줄 몰라 했던 때의 휴가, 휴가는 즐거움입니다. 행복입니다.

이제는 옛날의 그런 휴가는 저에게는 없습니다. 매일 불규칙한 생활속에서 하루 하루를 생활하는 저에게 휴가는 집나간 아이들이 제각기 다른 휴가, 얼굴 삐끔 내밀고 떠나는 자식.

밭에 나가 고추를 따는 즐거움, 풀을 뽑으면서 땀을 흘리는 즐거움, 책상 앞에 앉아서 폼을 잡고 글을 쓰는 즐거움, 달랑 두 식구 살면서 처가집에 장모님과 저녁 먹는 즐거움, 예쁜 집사람과 마주 앉아 캔맥주 하나를 마시면서도 행복한 즐거움이 저에게는 휴가인 것 같습니다.

해마다 휴가라는 날을 잡아서 처가집 식구들, 7남매의 휴가는 즐거움 행복입니다. 아내는 넷째 딸 위로 셋, 아래로 셋, 정말 딱 가운데의 아내의 처가집 위치에서는 꽃방석 자체였습니다. 오빠 언니의 사랑을 흠뻑받는 아내, 남동생, 여동생의 언니, 누나로서 예쁘기도 하지만 마음도 씀씀이도 최고인 아내는 저에게는 장모님이 주신 큰 행복입니다. 사위 넷 중에 저를 제일 좋아하시는 장모님은 한번도 저는 장모님이 아닌 어머님이었습니다. 띠가 저와 똑같은 장모님은 친아들보다 더 큰 애정과 사랑을 주시는 분입니다.

아들네집 딸들네집 어느집을 가셔서 쉬셔도 우리집이 제일 편하다고 하시는 장모님입니다. 작년까지만 해도 강원도 백운 계곡에 가서 장모님의 가족 40여명이 휴가를 즐겼습니다. 손자 사위까지 빠진 식구들도 있었지만 커다란 방 두개에 양은솥 걸어놓고 불을 지피면서 옛날 그대로의 불을 떼면서 연기를 마시고 새까만 가마솥에 밥을 저어서 커다란 나무주걱 김이 모락모락 나는 밥이었지만 한여름이었지만 즐거웠습니다. 기뻤습니다. 행복했습니다. 잊혀지지 않습니다.

다슬기를 잡는 아내를 포함한 여자분들의 즐거워 하는 모습을 보고 행복했습니다. 쪽대를 가지고 고기를 잡는 남자분들을 보고 커다란 고기를 잡을때마다 환호성과 기쁨의 탄성은 행복 그 자체였습니다.

매운탕을 먹으면서 소주에 기운을 빌어 불러 대게는 노랫소리는 박자도 안맞고 음정도 안 맞았지만 즐거웠습니다. 기뻤습니다.

학창시절에 야영가서 횃불을 켜놓고 들고 하던 그런 기쁨과 똑같은 기쁨이었습니다.

고기를 구워 먹으면서, 삶아 먹으면서 매일 이렇게 살았으면 좋겠다는 생각은 많이 했었습니다. 수박을 쪼개 먹으면서 즐거워 했습니다. 하늘에 별을 보면서 북두칠성과 이야기하면서 별나라에 별이 빛나던 밤은 하늘에 별은 좋았지만 눈앞에 작은별 반딧불을 잡으면서 아이들이 좋아하고 즐거워하는 모습은 잊지 못합니다. 실제로 반딧불을 잡아서 투명 비닐봉투에 넣고 깜깜한 밤에 있어보니 환했습니다.

옛어른의 말씀, 반딧불 밑에서 공부했다는 말이 실감나기도 했습니다.

흥겨움의 속에 기쁨의 속에서 하나 둘 졸린 눈을 감으면서 이구석 저구석 누워서 잠을 자는 모습을 자연 그대로 였습니다. 산다는 것에 대한 즐거움을 기쁨에 대한 즐거움을 이순간만은 버리고 싶지 않은 날들이었습니다.

연세가 많으신 장모님이 많이 편찮으셔서 걱정입니다. 자식들은 장모님의 편찮으심을 "노환" 이란 칭호를 붙여서 정말 나쁜 일입니다. 자식의 사랑과 정성이 부족해서 생기는 병인데 왜 자식들은 노환이라고 하는지 잘 이해가 안 갑니다.

젊은시절의 그 휴가는 휴가대로 지금의 휴가는 휴가대로 멋이 있고 낭만이 있는 아름다운 추억 그 자체가 아닌가 합니다.

휴가가 끝나면 자신의 직장으로 떠나는 자식들을 보시는 장모님의 얼굴에는 자신도 모르게 흘러 내리는 눈물은 행복의 눈물인가요. 슬픔의 눈물인가요. 사위들은 사위대로, 아들들은 아들들대로 각기 제식구를 태우고 장모님을 남겨 둔채 떠나는 차의 뒷꽁무늬를 말없이 물끄러미 바라 보시는 장모님을 뒤로 하면서 ~~~

올해는 하지 못했습니다. 하고 싶습니다. 많이요. 아쉽습니다. 가고 싶은 휴가, 앞으로는 점점 휴가의 횟수는 줄어들고 둘만의 세계가 자꾸 많아지는 슬픔입니다. 나도 이제 늙어가고 있는가 봅니다. 외롭다구요. 쓸쓸하다구요. 하지만 행복합니다. 사랑하는 아내가 옆에 있기 때문입니다.

7
오은문학 수필등단작 〈사랑을 주는것〉

2016. 4. 1. 오은문학 수필 등단작.

내 마음을 많이 울렸던 여인.

언제나 그 자리에서 사랑을 속삭였던 세월에서 많이도 즐거워했었고 기뻤습니다. 키 작은 예쁘장하게 생긴 섬마을에 사는 여인이었습니다. 아무것도 먹을것을 가지고 가지 않고 달랑 배낭만 메고 떠났던 어느날, 젊다고 까불대던 시절은 무슨 뱃장으로 그렇게 떠났는지 모릅니다.

그렇게 유명하게 알려지지 않은 그 섬에는 고등학교까지 있는 섬이었습니다. 외부인이 들어오면 금방 알 수 있고 주변에서 매일 많이 볼 수 있는 남자는 검은 베레모를 쓴 해병대 군인 아저씨들, 예쁜 여학생 그것도 여고생이면 많이 좋아 했던 군인 아저씨, 그 분들과 친하면 고기도 많이 잡아 주고 그 고기를 잠깐

이면 힘 안들이고 잡을 수 있는 곳이기도 합니다.

우연히 학원 잡지에 실린 글을 보고 내 마음을 사로 잡아서 달려 갔어요. 그곳은 썰물과 밀물의 아름다운 조화 속에서 그곳은 육지에 사는 사람들은 정말 좋아 할만한 아름다운 섬이었습니다.

육지에서 만나는 그 어느 여학생보다 순수하고 깨끗하고 티 없이 맑은 눈을 가진 그 여학생은 많이 예쁘고 착했습니다. 아버님을 일찍 여의고 어머니와 오빠와 셋이 예쁘게 살아가는 섬마을의 여인, 아니 아가씨였어요. 주소도 없고 학교이름과 그 여학생 이름만 가지고 무턱대고 찾아갔습니다. 설레임을 가지고 학원 잡지에 시린 글을 이야기하면서 찾아온 사유를 말해 줄때 금방 마음을 열어 주었어요. 지금 나처럼 많이 늙지 않았겠지만, 은은한 달빛속에 여인처럼 늙어 가고 있겠지요. 많이 보고 싶고 그리워지는 순간입니다.

한번을 달려가고 끝없는 러브레터를 날리면서 마냥 즐겁고 행복했던 옛날 입니다. 수학 여행을 서울로 왔을때 나도 모르게 달려가서 곤욕을 치르기도 했습니다. 언제 어떻게 이렇게 멋있는 남자 친구를 사귀었냐고 친구들의 부러워 하는 야유를 들으면서 나도 모르게 그때 내가 그렇게 멋있었나 지금 생각하면 별로 인것 같았는데 말입니다.

지금 생각해 보면 그런 느낌이 많이 들어요. 바다 가운데 섬마을에 살면서 00이라는 동네에 사는 것 자체에 관심을 표명 하면서 조금은 부러움 조금은 관심도 가졌겠지만 진짜 이유는 00에 대한 로망이 아니었나 생각이 듭니다.

그 친구를 통해서 내 친구를 소개 시키고 정말 즐거웠던 시절의 그 학생, 군대 가서도 줄기차게 편지를 보내 주어서 전우들한테 많은 부러움을 받았던 나는 휴가 나와서 같이 찍은 사진으로 부대 사진 콘테스트에서 상을 받는 영광을 누렸으며 2박 3일의 휴가도 나오는 행복도 가졌던 옛날 그 시절이 많이 생각납니다.

밤새워 쓰던 편지에서 보이지는 않지만, 내일 아침 보내면서 학교에 가면 인제 활짝 웃으면서 친구들한테 자랑을 하면서 내 편지를 읽고 있는 모습이 많이 마음속에 그려 보던 옛날 그 시절.

어느날, 갑자기 말도 없이 소식이 오지 않았습니다. 너무나 가난하고 소박하게 살던 예쁜 모습은 대학을 가지 못하고 내 계급장 작대기 3개 였을때, 약혼을 하고 작대기 네개를 달고 전역을 기다리던 어느날 영영 내 곁을 떠난 그 여인.

전역을 며칠 앞두고 한통의 편지가 날아 왔습니다. 반가움에 뜯어 본 편지는 예쁜 카드 모양으로 꽉 찬 예쁜 편지지 가운데 일곱 글자 빨간 글씨. - 나 결혼해 미안해 -

맺지 못할 사연은 나를 많이 슬프게 했지만 참 많이 행복했었습니다. 즐겁고 기쁨으로 학교를 다녔었고 군 생활도 했습니다. 지금은 00 어느 하늘 아래서 할머니가 되어서 잘 살고 있을 내 마음속에 잊혀진 여인 잘살고 있나요. 달빛 속에서 달을 쳐다 보

면서 혹시, 내 생각을 하고 있지는 않는지 ~~ 지금까지 OO에서
OO이었습니다.

8
너무 하는 것은 아닌지요

　오늘도 거리에 나섰습니다. 아무 의미도 없이 거리를 걷고 있는 자신을 발견 합니다. 낙엽이 바람의 나라 여행을 다니지만, 여행을 다니다 지치면 내가 편히 쉬고 아늑한 보금자리에 찾아 정착을 합니다. 그곳에는 먼저 온 나에 친구들이 많이 모여서 반상회를 하는지 웅성 대면서, 바람님이 살짝 건드리면 순식간에 이곳에서 저곳으로 둥지를 바꾸면서 새로운 곳에 정착할 때마다 신비로움에 쌓이는 낙엽님은 행복하다고 바스락 바스락 속삭입니다.

　어제 온 친구는 밑에서 자고 오늘은 친구는 위에서 자고, 내일 올 친구는 내 위에서 자겠지. 그러나, 또 한번 바람님은 밑에 자고 있는 친구님들이 갑갑할 터인데 하면서 위로 올라 오게 합니다.

　가끔마다 인간들은 내 몸을 짓누르면서 낭만을 찾는다고 하면서 발로 툭툭 차면서 걷기도 합니다. 밟힐때의 아픔은 발로 차일때의 아픔은 말할 수 없이 아픕니다. 말 못한다고, 말 않는다고 너무 하는것은 아닌지요.

　바람따라 구경을 하다가 이곳에서 장착하려 했는데 내 몸이 너무 건조해서 조금만 누가 만져도 부서져서 걱정입니다. 이제는 조금만 물을 마시고 싶습니다. 하늘에 기도를 합니다. 지성이면 감천입니다. 촉촉히 내몸을 청소시켜 줍니다. 나그네가 발걸음을 오래 동안 할때 살짜기 젖은 가랑비가 내 몸을 천천히 아주 천천히 적셔 줍니다.

　여행을 너무 많이 다녀서 몸을 바짝 말랐는데 가랑비님은 내 배를 채워주고, 내 몸에 살도 찌워줍니다. 고맙습니다. 고마워 그리고 감사합니다.

　살짝만 불어 주면 위에 있는 우리들은 옆으로 옮겨 가고 밑에서 있던 친구들도 몸이 통통하게 살찔수 있는데 바람님이 조금만 위에 있는 우리를 데리고 여행을 가요. 알았다고 하면서 또 한번 휘이익 불어 줍니다. 숨막히게 밑에 있던 친구님들은 기쁨의 환호성을 지릅니다. 아이구 답답했었는데, 살것 같네 그리고 시원해 라고 말을 합니다.

　저 밑에선 우산을 쓴 연인이 우리를 밟으면서 오고 있습니다. 비 맞기가 싫은 모양입니다. 내가 보기 민망할 정도로 꼭 껴안고 이리로 오고 있네요.

맑은 날에는 맑은 날대로 우리를 손으로 한 웅큼 잡아서 허공에 휙 던집니다. 그리고는 좋아라 합니다. 그게 낭만을 찾는 거라고 합니다. 제 맘대로 날아 가는 우리를 보면서 즐거워 합니다.

공원 자판기 앞에 온 그들은 커피를 뽑아 들고 또 다시 걷고 있습니다. 내가 땅에 누워 있는한 나를 밟으면서 걷고 싶다고 합니다. 식어버린 커피로 우리한테 휙 버립니다. (뿌립니다.) 식어서 맛이 없다고 하면서도. 하늘에서 주던 그 맛보다 좀 달작지근하고 맛이 있습니다. 인간이 나에게 버렸는지 나를 주었는지 모르는 커피의 맛이 말입니다.

내가 제일 좋아하는 친구는 바람입니다. 한곳에 두지 않고 여기 저기 데리고 다니면서 공짜로 구경을 시켜 줍니다. 또 있습니다. "비"님 입니다. 배가 고프면 물을 줍니다. 갈증이 나도 물을 줍니다. 새벽에 내 기분을 맞춰 주는 아침 이슬님은 내가 좋아합니다. 영롱한 보석처럼 아름다운 밥을 주기 때문입니다.

사람들은 날보고 방랑시인 김삿갓이라고 합니다. 풍류를 즐기며 멋지게 산다는 뜻 입니까? 제 자신이 알 수 없는 수수께끼인데 사람들은 왜 그렇다고 하는지 말을 해주지 않습니다.

피곤합니다.

겨울이면 하얀눈이 오고 우리는 하얀눈의 이불을 덮고 영원히 편안한 잠을 잡니다. 자연으로 내 고향으로 천천히 돌아 갑니다. 감사합니다. 고맙습니다. 행복하세요.

10
사랑은 믿음이고 그리움이다

    중년의 나이가 되면서 젊은 시절의 활활 타오르던 사람의 불씨를 살리려고 많은 노력을 합니다. 왠지 모르게 마음 한 구석에는 쑥스럽고 괜히 자신도 모르게 얼굴 빨개지기도 하는 저 자신을 발견합니다.

    예쁘게 젊은 아이들보다 중년의 길을 가면서 곱게 정숙하게 신사임당처럼 고운 발걸음을 옮기는 그런분들을 나는 많이 좋아합니다.

    하나의 흔들림없이 할머니의 어머님의 길을 얌전히 인자스럽게 걷고 있는 중년의 모습은 정말 보기 좋거든요. 옛날의 우리 어머님이 걸어온길, 그리고 현재 내 아내가 걸어가는 그런 길이 정말 좋아요.

사랑은 믿음이고 그리움이고 그냥 사랑해요 사랑합니다라는 한마디 보다도 그냥 보기만 해도 마음에 와 닿는 느낌 그것이 사랑이 아닌지요.

길을 걷다가도 저분이면 저런 분이면 하는 그런분들이 있습니다. 괜히 친해지고 싶고 말이라도 걸어서 인연의 끈을 만들어 보고 싶은 사람들이 있어요. 하지만 현실은 그런걸 용납하지 않아요. 마음속으로만 그리워하고 즐거워하고 행복해 하면서 살아야 할때가 많거든요.

젊어지고 싶어서 젊은 친구들과 놀고 싶고 그들의 속에 묻혀서 내 나이를 잊은채 뛰어 놀고 싶을때도 많아요. 그러나 그 알량한 자존심과 체면은 참 많이 나를 망설이게 합니다. 그냥 접어두고 동화되어 즐기면 되는 것을요.

만나고 싶습니다. 젊은 친구들. 놀고 싶습니다. 젊은 친구들. 같이 하고 싶습니다. 중년의 길을 동행하는 벗님들 친구님들 좋지 않나요.

즐거운 마음으로 행복한 마음으로 하루하루를 열어가면서 가정에 중심이 되고 행복의 열쇠를 가지고 살아가는 중년의 벗님들이 되어 주시지 않겠습니까?

나 하나의 조금의 욕심을 버리고 나 하나의 조금만 더 배려의 마음으로 내 가정을 내 이웃을 따뜻함과 행복감을 주는 그런 중년을 길을 가시지 않으시렵니까?

사랑은 배려는 봉사는 상대방을 내 주위에 모두를 행복의 늪으로 빠지게 하는 청량제 이면서 보약입니다. 절대 돈 안들이고 만들수 있어요. 우리 중년의 길을 걷고 있는 벗님들 친구님들 그런 삶을 열어 가시지 않으시렵니까.

오늘도 이렇게 보이지는 않지만, 볼 수는 없지만 많은 벗님들에게 편지를 쓰는 기쁨은 젊은 시절 어느날 비오는 창가에 앉아서 러브레터를 쓰는 그런 기분입니다. 많이 행복합니다. 많이 사랑을 하고 있나요. 많이 사랑 받고 있나요. 나의 가족한테, 나의 영감님한테, 나의 아름다운 자기한테 그리고 앙증맞게, 귀여운 손주, 손녀들에게 말입니다.

착한 할머니 할아버지의 인자스러움을 가지고 살아 가셔야 할 중년의 벗님들 친구님들 건강하게 오래오래 많이 많이 사랑하면서 살기예요. 건강은 누가 챙겨 주지 않아요. 스스로 노력해서 챙기시는 현명함도 가지시기 바래요.

하루하루의 삶에서 즐거움을 먼저 찾고 행복이 무엇인가를 먼저 찾으면서 골치 아픈일, 슬픈일은 빨리 잊어버리고 덮어 버리고 사는 지혜를 가져야 합니다.

인생은 길지 않아요. 세상을 살면서 기쁜일, 좋은일, 행복한 일만 생각하고 실천하면서 살기도 부족한 시간입니다. 너무나 짧은 인생길을 가면서 서로 다투지 말고 화내지 말고 조금만 참으면 기다리면 금방 행복의 문으로 들어가고 있는 자신을 발견합니다.

내 주위에 모든 사물을 사랑합시다. 말못하는 풀, 나무, 바람,

모두가 사랑하면서 살아가는 그런 마음을 가집시다. 사랑하는 마음을 가지면 저도 모르게 행복해 지고 즐겁고 기쁘게 살 수 있습니다.

오늘도 펜을 들었어요. 어느 젊은날 연애편지 쓰는 마음으로 몇자 적었습니다. 벗님들 친구님들 오늘도 건강하시고 행복한 날로 이어가세요. 많이 행복합니다. 감사합니다. 많이요.

11
선뜻 다가설 수 없는 것이

선뜻 다가설 수 없는게 사람의 마음입니다. 언제나 어디서나 많은 사람들을 만나면서 우리는 하루를 살아갑니다. 꼭 만나야 할 사람을 만나기 보다는 일생을 살면서 만나고 싶지 않은 사람을 더 많이 만나면서 살고 있습니다.

진흙 속에 진주나 보석은 찾기가 무척 힘듭니다. 사람도 마찬가지가 아닌가 합니다. 무수히 많은 사람들을 만나 보면서 아주 내 맘에 들게 그런 사람은 없지만 왠지 모르게 느낌이 와 닿는 그런 사람이 있습니다. 내 마음속에 진주나 보석은 아니지만 차츰 그런분을 만나면서 나 자신도 그 분도 둘의 만남을 통해서 진주나 보석이 되는 것입니다.

자신이 너무 비관적인 사람으로 보는 경향이 많아요. 누구보다도 자신은 귀중한 그리고 이 지구상에 육십억분의 한분으로 정말 귀중한 보석보다 더 고귀하게 잘 스스로 챙겨야 합니다. 아름다움은 고움은 외부에서 풍기는 것보다 내부에 몰래 숨어있는 게 더 고귀하고 신비스럽습니다. 너무 빨리 그리고 너무 자신있게 타인에게 내 자신을 드러내 놓지 맙시다. 감출것은 감추고, 노출할 것은 살짝 노출하면서 항상 상대방이 나에게 흥미를 가질 수 있고 무언가를 염원하면서 예쁜 감정, 고운 마음을 끊어지지 않도록 유지하면서 사는게 좋지 않나요.

상대방을 보면 그 마음속에 희망이란 것을 엿볼 수 있고 행복이라는 감정이 숨어 있는 것을 하나하나 찾아 가면서 상대방을 좋아해 지기 시작하면 좋지 않나요.

날마다 아침마다 태양은 떠오릅니다. 약속이나 한 것처럼 어제 떠오른 태양보다 오늘 떠오르는 저 태양이 더 많은 신비로움과 경이로움을 가지고 있습니다.

어제 만난 그 분이 오늘 만남은 더 멋있게 보이고 더 친숙하게 보이고 더 매력있게 보여야 행복이 마음속으로 빨리 찾아 옵니다.

아침에 밥상을 받을때마다 따뜻한 한마디 어제는 "사랑해 자기야(여보야)" 오늘은 어제보다 더 맛있는 반찬 고마워요. 하는 한마디는 아내를 많이 행복하게 해줍니다. 벗님들도 한번 해보십시오. 금방 얼굴에는 겸연쩍어 하면서도 미소가 활짝 번지고는 슬그머니 쑥스러워 해지는 아내를 볼 수 있습니다. 이것이 행복입니다. 사랑입니다.

손자 손녀와 같이 살면 가끔가다 슬그머니 용돈을 슬쩍 건네 주고 귀여워 해줘 보십시오. 이건 엄마한테 비밀이야 너 그것 갖고 싶다고 했지 그거사 얼마나 멋있는 할아버지, 할머니 입니까? 요즈음 대화시 아이들은 시골에 계시는 조부모님들한테 그렇게 많이 친근감을 표시하지 않습니다. 옛날의 그런 할머니가 할아버지가 좋아하고 존경하는 그런것은 없습니다. 다만 그 행복은 찾기에는 대부분 해결책은 돈인 것입니다. 시대가 많이 변했습니다. 변함에 따라 핵가족의 탄생이 많은 사람의 가족제도까지 변모 시키고 있습니다.

사람이 사는 집은 시끌벅적해야 되는데 요즈음은 그런집은 별로 없는것 같습니다. 이또한 점점 메말라 가는 우리 세대의 아픔입니다. 정에 굶주리고 사람에 대한 그리움을 차츰 상실되어 가면서 살아가는 이시대의 아픔입니다.

멀리 계시는 조부모님께 전화 자주 드리는 사람이 됩니다. 아이들에게 본보기가 되는 부모가 됩시다. 사랑은 아름답습니다. 보이지 않지만 굉장히 좋은 겁니다.

오늘은 어떤 이야기를 마무리 할까요.

어린시절 교과서에 실린글

형제는 정말 착했습니다. 가을에 논에 벼농사가 잘 되었습니다. 형은 밤마다 볏단을 아우의 논에 갔다 놓았습니다. 살림난지도 얼마 안되고 돈쓸일이 많을것이고 하면서 정말 마음씨 착한 형이었습니다.

이심 전심!

아우는 형님논에 볏단을 갖가 놓았습니다. 형님은 식구도 많고 고생도 많이 하시고 우리보다는 하면서 형제는 밤마다 서로 볏단을 갖다 놓던 어느날 희미한 안개 속에 저 볏단을 메고 오는 형님을 동생을 서로 발견 했습니다.

두 형제는 부둥켜 안고 서로 울었습니다.

그동안 그러면 형님이, 그러면 아우님이 ~~~

행복입니다. 감동입니다. 사랑입니다. 우리 모두 이런 마음으로 살았으면 좋겠습니다.

오늘도 감사합니다. 고맙습니다. − 벗님들 안녕 −

12
소쩍새가 우는 사연은

가랑비가 솔솔 내리는 날이면 에꼬모자 쓰시고 비닐 우비를 걸치고 삽 한자루 어깨에 메고 논에(들에) 나가시던 아버님을 생각합니다. 유난히도 많이 울어 대던 뜸부기, 뜸북 뜸북 뜸부기 들에서 울고 논을 이곳 저곳 다니면서 가끔가다 올라온 피를 뽑으면서, 물고를 점검 하시던 아버님의 생전에 모습이 떠오르는 순간 입니다. 논뚝에 자라난 풀을 보면서 내일 비가 멈추면 논뚝도 깍아야 되겠구만 하시던 아버님 입니다. 어쩌다 기분 좋은 날이면 논가에 몰래 숨어 놓은 뜸부기 알을 주워 오시기도 하시던 아버님. 지금 같으면 그냥 안주워 왔을 터인데 제 마음입니다. 그 알을 삶아서 아버님의 술안주 계란보다 훨씬 맛있어 하신 아버님이셨어요. 논뚝에서 자라난 콩에서 다른 해보다 많이 달리라고 틈틈히 콩순을 치시고 풀을 뽑아 주시던 아버님.

자네도 나왔구만 어떻게 올해는 작년보다 잘 된것 같지 않나, 아 이 사람아 걱정이야 뭐가 올해는 유난히도 우리 논에 피가 많구만 피사리 하려니 걱정이네. 허 그런가 내가 작년에 많이 애먹었네. 그 피 뽑느라고. 하시면서 말씀을 나누시던 아버님입니다. 하루 종일 비가 부슬부슬 내리는 날이면 산 밑에 있는 우리 집에서 처량하게 들리는지 구슬프게 들리는지 소쩍새가 소쩍소쩍 울어 댑니다. 지금도 소쩍새 우는 사연을 모르지만 아마도 제 마음에는 구슬픔의 서글픔의 노래로만 들렸는데 말입니다.

그 소리를 들으면서 어느때는 대낮인데도 깜깜해져서 이건 무슨 조화인가 하는 의문도 가져 보기도 하던 때가 있었습니다.

안방에는 할아버님이 비가 오니까 읍내 약주 하시러 가시지 못하고 술상을 차려 놓고 약주를 하시고 계시고.

할머님은 밭에 가시지 못하고 무료하게 비가 그치기를 기다리고 계십니다. 아버님은 아직도 들에 가서 오시지 않고, 어머님은 웃목에서 바느질을 하고 계시던 내 어릴적 평화롭고 행복하게 살던때가 생각나는 순간입니다.

뒤안에 심어놓은 도라지 대여섯뿌리 캐어서 할아버님이 약주를 많이 하셔서 차를 만드신다고 바느질 하시던 어머님이 일어나십니다.

언제나 말이 없으시던 어머님, 아버님 말 한마디에 항상 말대꾸가 없으시고 고개만 까덕 너무나 순진하게 착하시기만 하시던 어머님.

들에 갔다온 아버님은 사랑방에 들어 가시더니 삼국지를 펴 놓고 읽어 가시는군요. 도원결의 하는 장면을 읽으시나 봅니다. 유비는 관우와 장비를 데리고 복숭아 밭에서 잔치하는 부분을 읽어 나가십니다. 틈나는 대로 삼국지 옥주몽을 읽으시던 아버님, 늘 언제나 나만 보면 벼루에 먹을 갈게 하시던 할아버님, 아무리 정성껏 먹을 갈아도 이놈아 아직 멀었어 더 갈아, 얼마나 갈았는지 손목이 아플때면 붓으로 한번 찍어 보시고는 됐다 그만 하거라. 언제나 힘이 넘치던 할아버지의 붓이 움직이면 살아 움직이던 그 글씨가 지금도 내 마음속에서 용솟음치고 있어요. 할아버님, 아버님 한번 잡으면 왜 그렇게 멋있고 잘 쓰시던 글씨를 지금은 볼 수 없는 슬픔입니다.

오늘은 왠지 많이 생각나는 할아버지 할머니 아버님 어머님 입니다. 이 세상 어느 부모가 자랑스럽지 않은 부모가 있겠습니까.

한 겨울이나 비가 오는 날이면 마을에 어르신들이 사랑방에 오셔서 글을 읽으시던 목소리가 오늘도 제 마음속에는 들립니다. 뵙고 싶어지는 아버님입니다. 말없이 막걸리 주전자, 부침개를 붙혀서 사랑문 앞에서 조심스럽게 문을 두드리면 아버님은 문을 열고 상을 받아서 글을 읽던 소리를 멈추시고 막걸리를 드시던 아버님이었습니다.

하늘을 훨훨 날으시면서 세상구경 하시러 나오셨나요. 오늘은 비오는 이승구경하고 가시는거 맞나요. 뵙고 싶습니다. 조부모님, 부모님, 많이 많이요. 감사합니다.

13
내 마음속의 천사

봄부터 그집은 항상 바빴어요. 어린시절은 왜 그렇게 모두다 어렵게 살았는지 몰라요. 그집은 과수원을 하는 집이었어요. 마을이 딱 한집, 봄부터 늦가을까지 항상 마을 아줌마들이 엄마들이 할머니들이 사과밭에서 생활하다시피한 많은 분들의 가정에 아이들은 때마다 끼니마다 엄마가 오기를 기다리며 살던 저의 어린시절입니다.

사과가 한참 예쁘게 주렁주렁 이끼들이 달렸을 때 접과라는 것을 하면서 그 많은 사과를 따서 버렸어요. 그 시고 맛없는 사과를 엄마들이 제 새끼 준다고 가져왔어요. 먹을것이 없어 솥에 넣고 삶으면 그 신기운이 좀 덜 했어요. 그것을 맛있게 먹던 친구들이었어요. 여름이 지나 가을 수확시기에는 점박이, 혹은 기스난것을 일마치면 한 봉다리씩 가져 오시면 그건 그렇게 맛이 좋았어요. 새들도 익은것을 어떻게 아는지 익은 것부터 입으로 쪽쪽 파 먹어서 상품가치를 떨어트리게 하면 며칠 있으면 그 사과는 팔지를 못했거든요. 그건 한군데 모아서 싸게 팔거나 마을 아이들을 주시곤 하신 그 과수원 아주머니는 마을에서는 보이는 천사였어요. 결실에 계절 가을, 초가을부터 늦가을까지 과수원에는 마을 아줌마, 엄마, 할머니들의 일터였어요. 지금은 그 아주머니 하늘나라로 가신지 오래 되셨지만 고향을 생각하면 꼭 생각나는 내 마음속에 천사입니다.

차를 타고 시골 들녘을 다니면 이제는 철조망도 안치고 어디서든 들어가서 따 먹을 수 있을만큼 개방해 놓은 과수원 울타리입니다. 그만큼 흔하고 먹을게 많고 시골로 갈수록 아이들이 없다는 서글픔입니다.

옛날에는 과수원 울타리는 해마다 보수를 하고 커다란 가시나무가 박혀있고 철조망이 어른키 높이 만큼 쳐져있었습니다. 세월이 많이 변했어요. 그 과수원 아주머니는 항상 교회를 가실 때면 한 상자씩 가지고 가셔서 아이들을 나누어 주시면서 마을 아이들한테는 하느님 같은 그런 아주머니셨고 마을에서 무슨일이 있거나 하면 제일 먼저 발벗고 나서는 봉사정신도 많고 하신 정말 좋으신 분이었어요.

생전에 저희 아버님하고 연세가 같으셔서 참 친하시기도 하셨지만 모든 마을 분들에게 사랑을 전달하시는 그런 분이었어요. 많이 뵙고 싶은 분이기도 합니다.

그분 조카딸이 있는데 저보다는 두살 어려서, 예쁘고 깜찍하게 생긴 여자아이, 자주 볼 수는 없지만 그 분 남동생의 딸이기에 멀리 살지만 한번 오면 마을 머슴아들이 그렇게 좋아했던 아이였어요. 나는 수줍음을 많이 타서 말 한마디 붙여 보지도 못했지만 어린시절 참 많이 속으로 혼자만 좋아했었거든요.

부모님이 안 계신 시골마을은 너무나 낯설은 마을이 되었어요. 지금도 가면 그 분이 하시던 과수원은 그대로 인데 주인만 바뀌고 그 옛날에 울타리가 겹겹히 쌓였던게 하나도 없어요. 옛날의 그 커다란 사과나무가 아닌 키작은 나무로 바뀌고 옛날에 밭 가운데 있었던 원두막도 없어요. 그냥 자연 그대로의 이태백이 지나가면서 시 한수 지으면 좋겠다는 느낌이 드는 그런 과수원 자연속에 묻혀버린 과수원 아니면 자연을 끌어 앉은 과수원이 되었어요.

그 과수원 옆을 지날때마다 그 과수원 대문앞을 지날때마다 마을 꼬마 애들이 커다란 자루나 다래끼를 가지고 기웃기웃하면 그 아주머니는 애들을 전부 불러서 한자루씩, 한다래끼씩 사과를 주시던 그 내마음속에 천사님이 오늘따라 많이 생각납니다. 아주머니 하늘나라에서 잘 사시고 계시나요. 천상에서도 과수원 하시면서 악마들에게도 사과 나누어 주시면서 살고 계신거지요. 감사합니다. 고맙습니다. 아주머니는 영원한 내 마음에 천사입니다.

14

배고픈 시절의 이야기

　어제부터 내린 비가 제법 많이 왔어요. 이제야 그치는가 봅니다. ○○아 버섯따러 가자. 어머님은 항상 비가 오고 난 뒤에 뒷동산에 버섯을 따러 가셨습니다. 어린시절에는 뱀이 무서워서 함부로 산에 가지를 못했지만 어머님과 함께하면 항상 즐거웠어요. 꼭 가시면 다른 버섯을 따지 않으시고 싸리버섯과 달걀버섯이라고 하는 두가지만 따셨어요.

　옛날 뒷동산에는 그리 높지는 않았지만 싸리나무가 많았는데 지금은 흔적도 없어요. 싸리나무 군락지에는 오래된 나무들이 썩어서 새순이 나오면 그 순사이 썩은 부분에서 싸리처럼 삐죽삐죽 예쁜 버섯이 올라 오거든요. 큰 덩어리로 올라오기도 해요. 주변을 잘 살펴보면 달걀모양으로 된 버섯이 많아요. 지금은 볼

수가 없지만 지금도 무슨 버섯인지 정확히 몰라요. 어머님이 달 걀모양으로 생겼다고 달걀버섯이라고 하셨거든요. 어머님은 그 두가지 버섯만 따시고 다른 버섯은 따지 않으셨어요. 제 생각인 데 정확히 식용인지 아닌지 몰라서 그랬던것 같아요.

산을 내려오다 보면 골짜기와 밭사이에 도랑이 있어요. 이 도 랑에는 미나리가 제법 많이 자랐거든요. 다래끼에 한쪽은 버섯 을 따서 담고 한쪽은 미나리를 뜯어서 산을 내려 옵니다. 미나 리에는 낙엽썩은 찌꺼기 새까만 점같은게 뿌리부분에 많이 붙어 있어요. 잘 떨어지지가 않아요. 흐르는 물에 여러번 담그고, 소 금을 조금 뿌려 놓으면 그 작은 점박이가 깨끗이 떨어 집니다.

버섯에는 빨간 작은 개미들이 많아요. 버섯은 잘게 쪼개서 물 에 담가 놓고 소금을 조금 뿌리면 빨간 개미가 물위로 떠오릅니 다. 얼마간 있으면 개미나 벌레가 싹 떨어져 나옵니다.

미나리는 나물을 만드시고 버섯은 된장찌개 아니면 된장 국 아니면 잡채만들때 넣으면 그렇게 맛이 있을수가 없었습 니다. 어머님의 손끝이 닿는 곳마다 그렇게 맛나는 반찬이 된장국이 잡채가 되었지요. 어머님이 만들어 주신것 지금 도 먹고 싶습니다.

00에서 국민학교 다닐때 입니다.

이런 이야기 하면 안되는데요. 아이들이 학교에 갔다오면 논 으로 들로 다니면서 개구리를 잡았어요. 그때 정확히 돈의 액수 는 기억할 수 없어요. 개구리를 잡아다 주면 돈을 주는 곳이 있었답니다.

저는 하지는 않았지만 불쌍한 아이들이 학교만 갔다오면 개구리를 잡았어요. 옷도 000에 사는 친구들은 상의는 청색으로 통일해서 입었어요. 멀리서 보기만 해도 000에 사는 친구들은 알수가 있었거든요. 어떠한 일이 있어도 이 친구들과 다투거나 싸우면 안 됩니다. 한 아이를 건드리면 집단으로 덤벼서 죽도록 두들겨 맞거든요. (해병대 제대하면 사회에서도 단결력, 협동심이) 학교에 축구부가 있었거든요. 축구부 주축이 되니 그 친구들은 운동도 엄청 잘 했어요.

그 친구들은 횡포도 심했어요. 다른 친구들이 개구리를 좀 많이 잡았으면 그걸 빼앗아가기도 했어요.

000은 지금말로는 "고아원"입니다.

아주 시골에서 학교를 다니는 친구들은 학교 끝나면 그 작은 손으로 체구로 돈을 번다고 산으로 냇가를 다니면서 칡덩굴을 잎사귀는 전부 뜯어 버리고 덩굴만 모았어요. 그때 가난한 집 친구들은 학교 갔다오면 할일도 없고 공부에도 별로 신경을 쓰지 못했어요. 먹을게 없어서 항상 배고픈 생활을 했어요.

마침 칡덩굴로 동아줄을 만든다고 하면서 마을을 다니면서 칡덩굴을 사러 다니는 사람이 있었답니다. 돈 벌려고 친구들은 그 덩굴을 모으려고 야산이나 냇가에서 덩굴을 걷고 있었거든요. 너무 배고픔에 시달리면서 살아온 옛날입니다.

너무나 못살던 이야기, 하고 싶지 않은 이야기를, 내 어린시절의 슬픔을 아픔을 또 끄집어 내게 되었네요. 두가지 슬픔이 담겨 있는 이야기를 했어요. 늘 감사하고 고맙습니다.

15
그분을 만날 수 있나요

옛날 마포 00국민학교 뒤에서 살때가 있었습니다. 심심하면 한강에 나갔습니다. 그 옛날 무역선이 상선이 그리고 지방에서 특산물이 잔뜩 실은 배들이 드나들던 마포나루 입니다. 지금은 제가 그 나루터가 어디인지 정확히는 모르지만 당인리 발전소 쪽이 아닌가 하는 추측을 해 봅니다.

세상이 어지럽고 조정에는 불필요한 인물들이 자리만 차지하고 있고 정직하고 충성스러운 신하들은 낙향을 하거나 초야에 묻혀서 살던 그 옛날 시대가 있었습니다. 나랏일에 나가고 싶어도 나갈 수 없는 신세의 많은 유생들은 오늘도 산방에 모여서 학문도야보다는 나라를 걱정하는 마음으로 보내던 세월이었지요.

그 많은 젊은이들 중 한분으로 의원은 아니지만 수많은 서민들을 위하여 양민들을 위하여 책을 보고 약초를 연구하고 연구한 약초를 토대로 국민들의 아픈 마음, 상처를 치료해 주시던 분입니다.

많은 국민들의 존경을 받으면서 처방약을 지어 주시면서 돈을 안 받기도 일수였고 항상 처방약이 부족해서 많은 아픔을 친절히 치료해 주시던 약초 박사 이시기도 한 그분 배가 드나들었고 모래사장이 끝나는 풀밭위에 움막집, 토굴집을 짓고 사시던 그분은 벼슬길에 올랐지만 등용도 되지 못하고 사화의 정쟁에 휘말려 조정에 발도 들여 놓지 못하시었던 그분. 초야에 떠돌면서 서민들과 같이 하신 그분입니다. 찾아 오시는 한분 한분을 만나면서 아프면 처방약을 주시고 어려운 일이 있으면 같이 들어 주시면서 서민들의 애환을 같이 하시던 그 분 이었습니다. 항상 그분 토굴집 앞에는 사람들이 즐비해서 줄어지지 않는 줄의 연속이었습니다.

마포 나루에 앉아 있으면 그 옛날의 그분을 만날 수 있을 것 같다는 착각을 하면서 오늘도 그분을 생각했는지도 모릅니다.

보이지 않은 곳에서 이시간에도 착한일 좋은일을 소리없이 말없이 행하시고 계시는 많은 분들에게 감사함을 표합니다.

왜 인재는 나라가 어지러울때만 나타나는지 모르겠습니다. 그 대표적인 예가 "이순신"장군이고 위에 말씀드린 그분도 제 마름속에는 그런분중 한분이라고 생각합니다. 조금만 찾아 보면 우리 주위에는 옛날이나 지금이나 착한 마음, 따뜻한 분들이 많습니다.

정확히 위에 말씀하신 분은 "토정 선생"이십니다. 전 그분에 대해 자세히 알지 못하면서 그분에게 누를 끼치는 것은 아닌지 모르겠습니다. 선생은 마포나루 백사장에서 그 생활을 접으시면서 지금 우리들이 보는 토정비결 집필 작업을 본격적으로 하셨다고 합니다.

우리가 지금 보고 있는 토정비결은 많은 사람들이 가끔가다 혹은 연초나 연말이면 한번씩 보면서 운수를 읽어 보면서 마음 한구석에 슬픔과 기쁨의 희비 쌍곡선을 그리기도 하는 책이기도 합니다.

나라가 어지럽지 않고 태평성대가 이루어졌다면 그 시대에 지금의 토정비결은 존재하지 않았을 것입니다. 그분은 정계에 나가서 벼슬을 하셨겠지요.

수많은 상인들의 삶터. 전국의 특산물이 전부모이던 마포나루는 이제는 영원히 옛날의 그 전성기는 찾을수는 없지만 현대 사람들이 잊혀져 가는 우리들의 삶의 애환이 듬뿍 담겨진 마음의 고향생활의 안식처가 아닌가 합니다.

한강 다리 건너 다니면서 학교 다니던 그 옛날에는 다리밑을 바라보면서 과거 저 자리쯤에는 토정선생이 백성들을 위로해 의술을 던지시고 사랑을 베풀던 자리가 아닌가 하는 그런 생각을 해보기도 합니다.

이 시간에도 토정선생님처럼 5대양 6대주를 누비면서 보이지 않는 사랑의 의술로 손길을 보내시고 계시는 많은 분들에게 감사를 표합니다.

　나라는 작지만 세상을 따뜻하게 해주시는 분들이 많은 대한민국은 정말 세계속에 자랑스러운 대한민국입니다. 이 시간에도 언제나 제 마음 속에는 대한민국에 태어난 것을 자랑스럽게 생각하면서 오늘도 행복합니다. 감사합니다. 많이 많이 행복하세요.

16
내가 이렇게 살아있음에

말 궁둥이가 살찌는 계절입니다.

사람들도 이 좋은 계절에 책 한권이라도 벗삼아 읽어 주시는 게 어떠신지요. 마음이 살찌고 세상을 보는 눈이 달라지는 양서 한권이 마음을 무척 기쁘고 즐겁게 합니다.

어른이나 아이나 스마트폰의 세계에 빠져서 점점 책을 멀리하고 텔레비젼을 기피하는 세상으로 바뀌어 가고 있는 느낌입니다.

아이들은 아이들의 세계로 흠뻑 빠져서 좋고 어른들은 어른들대로 매력있는 스마트폰 입니다.

오늘도 아침에 일어나면 제일 먼저 만지는게 스마트폰이 되었습니다. 안 보면 궁금하고, 보면 별거 아닌데 말여요. 글을 잘 쓰지는 못하지만, 글을 올리면서 저도 많이 친해졌어요. 쓸때마다 늘 느끼는 감정, 이 정도를 글이라고 써서 올리니 창피함과 부끄러움이 교차되는 순간에도 이제까지 살아오면서 펜을 들고 책상에 앉으면 그렇게 행복할 수가 없습니다. 일상 생활의 아주 작은 일이지만 저에게는 모두가 즐거움을 행복을 주는 일이라 생각하고 기쁘게 받아들이면서 행복감에 젖어서 살게 되었습니다.

먹고 사는게 바빠서, 시간이 없어서, 짬이 안나서 그걸 끄적거리고 있는 사이에 다른거 뭐 할 것 없나 주위를 살피고 무언가에 골똘히 생각에 잠기던 그 옛날의 제 모습이 많이 떠오르는 요즈음입니다.

펜을 든다고 좋은 글이 나오는 것은 아니지만 최대한 저에 진실을 쓰면서 거짓을 거짓이라 말하고 참을 참이라 말할 수 있음에 힘이 됩니다. 말을 할때는 참과 거짓을 명명백백 말할 수 없을 때가 많아요. 좋을대로 편한대로 그린 마음으로 상대에게 불편한 감정, 아프게 하는 말들을 하기가 싫어서 그게 아닌데 아니라고 하지 못할때가 많았거든요.

사람은 참 순간 순간의 감정의 기복이 심합니다.

시를 쓰시는 분들은 정말 좋겠습니다. 짧은 몇마디에 그 길고 많은 뜻을 압축, 요약해서 읽는이로 하여금, 감동의 드라마를, 행복의 늪으로 빠져서 기분을 좋게 해주니까 말입니다. 시를 한번 써 보자 하고 몇번이고 펜을 들고 폼을 잡았습니다. 짧은 제

어휘 실력은 용납하지를 않았습니다. 독서를 많이 하지 않은 제 머리는 용납을 하지 않았습니다. 언젠가는 나도 한번 멋진 "시"를 쓸 수 있을 수 있을까 저에 대한 숙제 입니다.

시는 아니더라도 짧은 수필이라도 많이는 잘은 못쓰지만 이렇게 쓸수 있다는 행복감에 오늘도 저는 많이 행복 합니다. 저는 글을 쓰면서 사랑합니다 라는 말은 잘 못합니다. 얼굴이 발개져 서요. 행복, 그리움, 여운, 님 같은 정감이 배어 있고 상대방이 들어서 기분 좋은 용어를 많이 사용하려고 애를 많이 씁니다. 때로는 오해를 불러 일으킬 정도의 언어도 구사합니다. 모두다 이해 하시고 받아들이시는 분들이라 믿고 이제는 많이 편해졌습니다. 처음 펜을 들었을때 100편을 쓰면 많이 오랫동안 쉬려고 했습니다. 그 100편이 지나 이제 101편이 시작되는 순간입니다.

때로는 슬픔에 잠겨서 때로는 기쁨에서 펜대를 잡고 흔들고 있을때 전 많이 행복했습니다. 저 자신이 이렇게 살아 있음에, 아프지 않음에 한가지 아쉬움이 있다면 너무나 빨리 중년의 세계를 달려 가고 있는게 슬픔입니다.

저에 잘못된 판단인지 몰라도 표현은 안하지만 제방에 오시지는 않지만 저에 글을 읽어 주시는 분들께도 많이 감사함을 표합니다. 늘 부족한 제 글을 읽어 주시고 공감해 주시는 분들께 많이 감사합니다. 〈오늘도 많이 고맙습니다. 많이 감사합니다.〉

17
가을이면

가을이면 떡매를 메고 큰 가방이나 자루를 가지고 산에 오르곤 하던 옛날이었습니다. 먹고 삶의 어려움도 있었지만 해마다 가을이면 우리의 형님, 아버님들이 도토리를 주으러 가셨지요. 메밀묵보다도 또 다른 맛의 도토리묵이 그런대로 맛이 좋았기 때문입니다. 가을에 도토리를 따다가 한 겨울에 묵을 해서 묵나물을 만들어 막걸리와 함께 드시던 옛 어르신들 길고 긴 겨울밤 사랑방에 앉아서 심심풀이 화투를 하다가 배가 출출하면 먹는 그 묵은 막걸리는 맛이 ~~~

가을일을 어느정도 하면 마을에 수 많은 젊은 양반들이 산으로 도토리를 주으러 가면 이 산에서 떡매소리가 저 산에서 떡매로 도토리 나무 두들기는 소리가 들리곤 했습니다. 해마다 그 나무가 두들겨 맞는 곳은 같은 곳만 두들겨 맞아서 속살이 드러난 나무도 많았습니다. 한해가 지나서 아물만 하면 또 그곳을 두들깁니다. 키로 떡매로 두들기기에는 딱 맞는 높이이기 때문입니다.

얼마를 산 이곳저곳을 다니다 도토리를 줍다보면 토종산 밤나무를 만나게 됩니다. 그때는 도토리는 보이지가 않아요. 온통 그 밤을 줍기에 혈안이기 때문이지요. 도토리보다는 좀 크지만 맛이 그렇게 있을수가 없습니다. 배가 고프면 그 밤을 까먹으면서도 기분은 그렇게 좋을수가 없습니다. 가끔가다 불청객 벌집을 모르고 건드리기도 하면 곤욕을 치르기도 합니다.

도라지도 옛날에는 흔하게 캘 수 있었습니다. 지금은 도라지 구경 하기가 힘듭니다. 산을 찾는 사람들이 너무 많아서 자라기도 전에 전부 캐가서 보기가 힘듭니다. 요즈음은 산 발매를 한 곳이 많아요. 그 이듬해 그곳에 가면 많은 도라지들이 겨울잠을 자다가 몇번만에 보는 태양으로 인하여 많이 얼굴을 내밀고 있습니다.

산삼도 도라지도 더덕도 땅속에서 나오지 않고 있는 기간이 있다고 합니다. 환경에 따라 몇년씩 잠을 자던 그 친구들이 고개를 내밀면 제법 약효가 나고 효능이 많은 친구들이 나온다고 합니다.

청색 꽃으로 자태를 뽐내는 도라지는 많습니다. 그러나 백색 꽃으로 예쁨을 과시하는 도라지는 보기가 힘듭니다. 약효가 더 많다고 합니다. 백도라지가요. 그런데 노래에도 있듯이 심심산천에 백도라지 한두~~. 귀한 몸은 그렇게 쉽게 찾을수가 없는가 봅니다. 꼭 심심산천으로 가야 하는 것인지를 말입니다.

가끔가다 구경하는 산삼은 큰 기쁨을 줍니다. 어르신들이 산삼은 마음씨 착하고 좋은일 많이 한 사람한테만 보인다고 했습니다. 그런데 저도 몇번 캤습니다. 제 마음씨도 조금은 착한가 봅니다. 산이 우리에게 주는게 너무 많았어요.

잔대, 도라지, 더덕 같은 (인간에게 진귀한) 도토리, 산밤, 버섯같은 산물을 주는 산은 지금은 너무나 많은 사람들이 무분별하게 채취해서 산이 많이 아파하고 슬픔에 잠겨 있습니다. 아직 자라지도 않은 아가들도 싹쓸이 하고 있기 때문입니다.

옛날 어르신들이 도토리를 따면서 하신 말씀이 있어요. 내년에는 흉년이 들거라구요. 한해 도토리가 많이 달리면 그 다음해는 많이 열리지 않는다고 합니다. 정확한 설명은 드릴수가 없네요. 그 다음은 저도 알수가 없거든요. 몰라도 자연 생태계의 순환이 아닌가 합니다.

IMF가 터지기 직전에는 우리의 산천도 사람들이 마구 훼손을 시키지 않아서 좋았다고 합니다. 많은 사람들이 산으로 몰리면서 뜻하지 않은 많은 손님들은 수용하기에는 우리 자연도 많이 힘이 들었던 것 같습니다.

이제는 조금 생각을 바꾸어서 대자연과 공존하는 우리가 되었으면 합니다. 특히 산을 사랑하는 마음으로 옛날의 아름다운 우리 강산으로 되돌려 놓는 우리가 되는게 어떠신지요. 감사합니다.

18
마음만은 부자로 산다

어제 한양에 볼일 보러 갔다가 늦게 왔습니다. 저녁도 건너 뛰고 곤하게 잠을 잤어요. 아침에 일어나서 간단히 요기를 하고 대문을 나섰습니다. 늘 외로움을 좋아하고 혼자만의 세계를 무척 좋아하는 저이기에 오늘도 조금 슬프거나 괴로움은 아닙니다. 차분히 나만의 세상으로 들어갈때면 항상 기쁘고 즐거웠습니다.

너무나 소박하고 착하게 사시는 분들이 많고 연세가 지긋하신 어르신들이 많이 사는 저에 동네는 전 살기 좋은 마을이라 생각합니다. 집 모퉁이 자투리 땅에 도라지며 호박이며 고추 대여섯 나무를 심어 놓고 그것을 벗삼아 물을 주고 사랑을 주시는 어르신들을 많이 봅니다. 탐스럽게 달린 호박을 바라 보면서 흐뭇

해 하시는 어르신을 보면서 저도 많이 기분이 좋거든요. 예쁘게
된 도라지꽃, 귀한 백도라지 꽃이 피었습니다. 심심산천에서만
볼 수 있는 꽃이기에 더 정감이 가고 눈길이 갑니다. 향기를 맡
아 보고 싶어 살짝기 입맞춤합니다. 꽃이 질색을 하네요. 난 벌,
나비만 좋아요 라고 말을 합니다.

집 주위에는 이렇게 착하게 소박하게 사시는 분들이 많아요.
한분한분 뵐때마다 일일이 인사는 못드리지만 전 참 행복한 마
을에 살고 있어서 좋아요. 흔히들 그런 소리를 합니다. 그 양반
은 그분은 법 없이도 살 수 있는 분이라고, 그렇습니다. 제가 본
우리 마을에 사시는 분들은 법이 없어도 사실수 있는 그렇게 순
박하고 착하신 분들입니다. 제 마음이 그렇게 변해 가는가 모르
겠습니다. 착한 마음, 예쁜 마음만 가지고 살아가는 사람으로 말
입니다.

매일 만나는 어르신들은 이제는 제가 좀 가까이 가면 인사를
드리려고 하면 먼저 인사를 하십니다. 매일 만나는 요구르트 아
줌마는 늘 제 마음을 기쁘게 해 줍니다. 저도 친동생처럼 가까워
지고 싶습니다. 말을 안해도 그분의 마음속에는 예쁘고 착한 마
음이 늘 자리잡고 있는게 아닌가 합니다.

이발소 사장님이 문을 열고 손짓을 합니다. 저랑 나이가 똑같
은데 20대 초반부터 이발소를 하시면서 단골이 많으신 사장님은
저를 꼭 서사장 이라와 커피 한잔해, 참 좋은 사장님입니다. 마
을에 복덕방보다 더 어르신들이 많아요. 아무개 집 얼마에 나왔

대 하면서 복덕방을 옮겨 놓은 곳 같은 이발소입니다. 그분이 많이 부럽습니다. 이발소를 차리면서 일찍 결혼을 하셔서 자녀들이 출가를 해서 손주 손녀가 대여섯명이나 있어요. 너무나 착하고 순박하신 좋으신 분입니다.

한잔을 얻어 먹고 나오는데 어디선가 많이 본듯한 얼굴이 보입니다. 생각은 안하지만 그분도 절 인사는 했어도 서로 알아보지. 기억이 나지 않는가 봅니다. 기억이 가물 ~~~

공원 벤치에 앉아서 잠시 나만의 세계에 빠집니다. 시에서 심어 놓은 머루덩굴에서 예쁘고 작은 새까만 포도송이 이끼들이 많이 달렸습니다. 산책하시던 어르신들이 따 잡수시면서 좋아하십니다.

어릴적 산에 가서 따 잡수던 기억이 어렴풋이 나는가 봅니다. 술을 담그신다고 많이 따시는 분도 있습니다. 할머니는 할아버지를, 할아버지는 할머니를 서로 따주시면서 소년, 소녀가 되신 기분이 드시는가 봅니다.

물질은 부자는 아니지만 마음만은 늘 부자인 저는 오늘도 행복합니다. 남들처럼 많이 배우지는 못했지만 가방끈은 짧지만 끈이 길고 머리회전이 명석한 그분들이 하나도 부럽지 않습니다. 세상은 그냥 남한테 지탄의 대상이 되는 일을 하지 않고 착하고 순박하고 좀 모자른척 하면서 그냥 지금처럼 예쁜마음으로 살아 가렵니다. 오늘은 벗님들 감사합니다. 행복한 하루 되세요.

19
그 어디에서 사시는지요

    날이 갈수록 풍요로움이 눈에 보이고 그냥 보고 있기만 해도 배부르고 하늘이 높고 말이 살찌고 하는 그런 계절은 문턱에서 오늘은 한동안 만나보지 못한 강가에서 자연과 이야기를 해 보려 합니다.

    오면서 냇가에 피어서 예쁨을 과시했던 이름모를 꽃들은 보이지 않고 다른 새로운 친구들이 나를 반겨 줍니다. 먼저 지나갈 때는 허리 잘린 꽃, 목이 잘린 꽃들이 많아서 많이 슬펐는데 오늘은 그 꽃들은 없네요. 기쁩니다.

    한 여름에 불어 대던 뜨거운 바람도 어디로 갔는지 시원한 살찌는 바람님이 저와 동행을 한다고 하면서 제 머리칼을 조금씩 건드리군요.

강뚝에 심어 놓았던 호박덩굴에서 엄마 호박, 아빠 호박, 아직도 크지 않은 아기 호박도 가족회의를 하는가 봅니다. 좀 길고 못생긴 아빠 호박, 좀 뚱뚱하고 동그란 엄마 호박이 아기 호박을 사이에 두고 소곤 거리고 있네요. 자신들을 예쁘고 낳아서 키워 준 호박덩굴은 점점 말라가고 있고 호박잎도 너무 늙어서 떡잎이 많이 졌어요.

이따금 가다 보이는 코스모스 옛날에는 가을이면 산천이면 어디서나 흔하게 볼 수 있었던 코스모스는 이따금 가다 보이고 있네요. 옛날의 그 많은 가족들은 어디서 잃어 버렸는지 너무나 쓸쓸해 보이는 코스모스의 모습입니다.

강뚝에 앉아서 강쪽이 아닌 들녘을 바라봅니다. 옛날에는 뜸부기가 많이 울었고, 황새와 두루미가 많이도 놀았던 들판에 지금은 그 친구들을 보기가 힘 듭니다. 다 어디가서 사시는지요.

이따금 가다 보이는 농부님은 만면에 웃음을 잔뜩 머금고 수줍음을 타듯이 고개를 숙이고 말이 없는 벼이삭을 만지면서 사랑해 줍니다.

고개를 돌려 감을 바라봅니다.

먼저 약속했던 그 고기가 보이지가 않아요. 나를 다음에 오면 용궁구경 시켜 준다고 했는데 기다리고 기다리던 끝에 전화가 왔어요. 아저씨 미안해요. 제가 몸이 아파서 용궁병원에 입원 했어요. 다음에 꼭 구경시켜 드릴께요. 아닙니다. 몸조리 잘하시구 빨리 일어나세요. 전화 속의 그 고기 목소리는 거짓이 아닌 진실이었습니다. 전 목소리만 들어도 알거든요.

기대반, 실망반을 안고 혼자 시큰둥 해져 봅니다. 강을 거슬러 올라가 탄금대를 올라 갑니다. 순국 선열, 6.25 참전 용사의 충혼탑에 들려서 고개 숙여 인사를 합니다. 아무 말씀도 안 하시고 자네 또 왔구먼 하시는 그분들의 말씀이 들리는 것 같군요. 감사합니다. 고맙습니다.

사찰에는 노승이 이곳저곳을 둘러보고 있군요. 언제나 따뜻하게 대해 주시는 그 스님. 예전같이 찾아 주시는 분이 많지 않아서 걱정이라고 하시는군요. 스님을 뒤로 하고 학생들이 소풍 오면 즐겨놀고 하는 그 자리에 왔습니다. 옛날에는 다람쥐가 반겨 주어서 친구도 많이 했는데 이제는 그 다람쥐를 잡아 먹는 청솔모라는 친구만 벌적벌적 합니다. 같이 좀 살면 어때서 나쁜 친구 청솔모입니다.

열두내에 올라 봅니다. 옛날 00 장군이 왜놈들과 같이 싸우다 전사하신 곳이라고 알고 있는데 정확히는 몰라요. 우륵선생이 거문고를 타던 곳도 어디인지 정확히 알수는 없지만 역사의 슬픔이 많이 깃들여 있는 곳 탄금대

마음이 많이 무겁습니다. 탄금대를 찾을때는요. 그러나 강물을 바라볼때는 더 아픕니다.

제대로 훈련도 받지 않고 나라를 위해 몸바친 00장군과 그 휘하의 부하들... 많이 고맙습니다. 많이 감사합니다.

천천히 아주 천천히 가던 길을 되돌아 오면서 나라를 위해 가

신 그분들을 생각합니다. 그분들이 계셨기에 대한민국이 있다는
사실을... 오늘도 감사합니다. 벗님들 안녕.

20
저도 많이 느끼면서 살아요

저도 많이 느끼면서 살아요. 나이가 들어 갈수록 외로워 진다구요. 만나는 모든 사람은 되도록이면 젊고 예쁘고 아름답고 멋있고 중후한 그런 분들과 이야기 하는걸 좋아하고 기뻐해요. 전 그런 조건에는 한가지도 맞지 않아요.

젊은 애들이 이야기의 주제가 무엇인가 알고 같이 공감해 주면, 얼굴은 좀 못 생겨도 공감해주고 호응해 주고 좋아 해요. 중년의 길을 묵묵히 걷고 있는 저 같은 분들은 좀 피곤해요. 어르신들의 마음을 헤아리고 같이 말동무 해 줘야 하고 항상 그분들이 하시는 말씀, 자네도 멀지 않았어. 그 한마디는 많은 생각을 하게 합니다. 우리보다는 좀 젊은이와 친하려 하면 절대 내가 자네 나이때는 이라는 말로 시작해서는 안 돼요. 가장 상대방을 아

프게 하는 말이거든요. 무의식 중에 많은 사람들이 말의 서두를 꺼내는 말

해마다 찾아오는 가을은 쓸쓸함을 많이 가져다 줘요. 세월이 가는걸 잡을 수는 없듯이, 나이가 들어감을 막을 수는 없어요. 자연의 순리대로 젊음은 젊음대로 늙어감은 늙어감대로 예쁘고 고귀함을 주는 행복이라고 생각합니다.

아침에 일어나 곤히 잠자는 아내를 바라봅니다. 많이 일그러진 얼굴, 헝크러진 머리결, 삶의 과정에서 너무나 힘들게 내 뒤를 묵묵히 따라온 아내 입니다. 자세히 보면 나보다 흰머리가 더 많이 보이는 아내입니다.

가끔가다 혼자서만의 세계에 빠질때면 살아온 뒤안길을 많이 뒤돌아 봅니다. 기쁨보다 슬픔, 아픔의 세월이 많았지만 그래도 옛날은 아름답고 행복한 세월이 더 많이 떠오르고 생각나는 그런 순간입니다. 벗님은 현재 행복하십니까. 예 라고 큰소리치시는 벗님이 부럽습니다. 앞으로도 계속 행복하세요. 짧은 인생, 기쁨과 즐거움, 행복함만 가지고 살기에도 모자라는 시간입니다. 서로 미워하고 싫어하고 손가락질 하지 말고 시기하지 말고 질투하지 말고 예쁜 마음 착한 마음만 가지고 살아가는 그런 사람으로 살아가세요. 벗님들~.

마음이 무겁고 혼란 스러울때는 자연속으로 들어가요. 얼마나 포근하고 따뜻하고 안정감을 주는지 몰라요. 어릴때 자랄때 힘들고 괴롭고 어려울때면 어머님의 품안에 안기면 모든게 전부

해결될때처럼 자연은 어머님의 품처럼 아늑하고 따뜻합니다.

마음이 무겁고 혼란스러울때 아기의 마음속으로 들어가요. 그렇게 좋을수가 없어요. 엄마가 모든걸 다 해결해 주시니까요. 그런 두마음은 젊을때나 늙어서나 항상 간직하고 살면 물질적인 불행은 있을지 몰라도 마음속에는 항상 부자이고 행복합니다.

큰 맘먹고 오늘은 곤하게 자는 아내를 위해서 앞치마를 두르고 밥을 합니다. 벗님들은 이미 예전부터 많이 하시고 계시는 일 저는 시작한지 얼마 안돼요. 생활의 불규칙 속에서 집에서 생활하는 시간이 늘어감에 따라 자연히 생활속에 습관으로 바뀌어가는 제 자신을 발견 합니다.

아내가 만들어 준 반찬 예전보다 많이 맛은 없어도 많이 맛있다고 하세요. 고맙다고 하세요. 그것은 행복입니다. 사랑입니다. 살며시 한번씩 가끔가다 아내를 기쁘게 해 주세요. 살아가면서 아내가 최고이고 낭군이 최고입니다. 남은 인생을 살아온 세월보다 살아갈 세월이 짧아요.

오늘도 행복한 하루를 보내시고 계시나요.

세월 속에 묻혀서 남은 세월 행복의 굴레에서 둥글둥글 살아가는 벗님들이 되시기를 ~~~ 감사합니다. 오늘도 고맙습니다.

21
어른이 되지 않고 그대로였으면

마루에 앉아서 온 식구가 저녁을 드시는 시골 마을의 옛날 아름다운 모습입니다. 등잔불을 밝혀놓고 모기는 극성을 부리지만, 할아버지 할머니의 겸상 앞에는 환한 등잔불이지만, 엄마, 아빠 우리들의 상에는 어둠컴컴 하기만 합니다.

온종일 일에 지친 아버님은 요즈음 추수 걷워 드리는 시기에 잦은 비로 인하여 신경이 많이 날카로우신지 심기가 많이 불편하신가 봅니다. 아무 말씀 없이 된장에 고추 대여섯개로 식사를 뚝딱 하시고 자리를 일어 나시는군요.

할아버지 할머니가 식사를 다 하셨는가 봅니다. 어머님은 부엌에 숭늉을 뜨러 나가시네요. 항상 식사 후에는 할아버님이 찾으시는 숭늉, 오늘도 어머님은 정성을 다하여 쟁반에 예쁘게 받쳐 들고, 할아버님께 올립니다.

막내는 두 다리를 벌리고 투정을 합니다. 식사 때마다 어머님이 맛있게 비벼 주시는 밥이 또 먹고 싶은가 봅니다. 사랑이라는 양념으로, 행복이라는 정성을 다해서 비벼 주시는 그 밥은 정말 맛있습니다. 몇번이고 빼앗아 먹어 보면서 나도 투정을 부리고 싶습니다. 하지만 난 엄마에게 그렇게 할 수는 없습니다. 어릴때 그런 생각을 많이 했습니다. 왜 나에게는 예쁜 누나나 여동생이 없을까 하고 말입니다. 예쁜 누나나 여동생이 있는 친구들이 많이 부러웠습니다. 우리 부모님은 욕심장이 입니다. 엄마같은 맨 위에 누나 한분, 밑으로 내리 아들만 다섯 저는 끝에서 두번째로 엄마들과 나이 차이가 많아서 엄마가 아닌 아빠 같은 느낌이 드는 엄마들은 별로 였습니다.

아버님은 항상 꼼꼼하시고, 뒤끝이 없으시고 작지만 단단하신 그런분이었습니다. 한번도 아픔을 겉으로 내색하시지 않고 언제나 혼자 속으로 덮으시는 그런 분입니다.

어머님은 '자랑은 아니지만 한석봉 어머님, 이율곡 어머님처럼 대한민국에서 제일 훌륭하신 어머님 이십니다. 항상 웃으시고 말이 없으시고 사람들과 어떠한 일이 있어도 다툼이 없으신 정말 착하신 어머님이십니다. 아침, 저녁으로 하루도 빠짐없이 예배당에 가셔서 하느님 앞에서 기도하시는 어머님 이시거든요.

막내는 저보다 세살 작지만 지금은 너무 늙었습니다. 흰머리가 저보다 더 많은데 누가 보면 제가 아우인줄 압니다.

할아버지가 무척 많이 무서웠습니다. 단 한사람 할아버지의 사랑을 받는 동생이 미웠습니다. 할아버지는 동생을 막내라 그런지 몰라도 모든 응석, 원하는 모든것을 들어 주시는 분이었습니다. 반대로 저는 항상 뒤에서 찬밥 신세, 그렇게 많이 차별이 심했습니다. 그때는 몰랐습니다. 이제는 압니다. 막내의 특권 이라는 걸요. 막내에게 자동적으로 주어지는 행복이라는걸 말입니다.

저녁을 마치고 마루에 누웠습니다.

아직 초저녁이라 그런지 별님이 뜨문뜨문 보입니다. 별이 뜨지 않고 달만 뜨는 날이면 옹달샘에서 물을 마시는 토끼나 보이는데, 오늘은 조금 있다 북두칠성을 만나면 왜 너는 별이 일곱이냐고 물어 봐야 겠습니다. 몇번이고 물어 봤지만 대답을 해주지 않아요.

어디서 날아 왔는지 아주 작고 예쁜 반딧불이 눈 앞에서 춤을 춥니다. 밤에는 밝고 예쁜데, 잡아서 낮에 보면, 불에 비춰 보면 그냥 평범한 벌레 입니다. 많은 사람들이 반딧불에 담긴 사연을 알고 있습니다. 옛날 밤에 불이 없어서 많이 잡아서 그 불빛 밑에서 공부를 하고 글을 읽었다는 이야기를 들었습니다.

뒤뜰에 몇나무 심어 늙은 옥수수를 꺽어서 작고 예쁜 검정솥에 삶아서, 배는 고프지는 않지만 한알한알 따 먹는 재미도 쏠쏠합니다.

마루밑에 강아지가 저하고 놀아 달라고 꼬리를 흔들면서 내 옆에 앉았습니다. 귀엽고 예쁜 강아지, 지난 장날에 아버님이 사 오셨습니다.

할아버지 할머니 밑에서 막내 때문에 귀여움은 사랑은 받지 못하고 자랐지만, 그때는 많이 행복했습니다. 영원히 크지 않고 어른이 되지 않고 그대로 였으면 좋겠다는 생각도 했었습니다. 지금 생각하면 많이 웃기는 생각입니다.

할아버님은 호출입니다. 항상 글을 쓰시면 동생한테는 아무 것도 시키지 않고, 나한테만 먹을 갈라고 하시는데 그때는 할아 버님이 많이 미웠습니다. 지금은 아니지만 밤 아랫목에 커다란 상위에 한지를 깔아 드리고, 붓을 빨아서 준비해 놓으면 글을 다 쓰시고 나면 그 뒷정리도 제가 해야 하는 몫입니다.

사시사철 하얀 두루마기에 갓을 쓰시고 긴 담뱃대에 담배를 태우시는 할아버님은 이 시대의 마지막 양반의 길을 가신 분이 기도 합니다.

아버님, 어머님 보다는 할아버님, 할머님 많이 생각나는 오늘 입니다.

할아버님 먹갈아 드릴께요. 한지도 펴 놓고 붓도 빨아 놓았습 니다. 할아버님만 오시면 되는데 ~~~

감사합니다. 오늘도 고맙습니다.

22
바람이 듣고는 고개를 끄덕인다

　어제 저녁에 구름님, 바람님에게 전화를 했어요. 내일은 자연의 아름답고 평화로운 황금물결이 넘실대는 들녘을 구름을 타고 바람님은 운전을 하고 저 구경 좀 시켜 달라고 했어요.

　아침을 먹고 대문을 나섭니다.

　넓은 들을 향해 한발한발 내디딛는데 너무 세게 불어 대는 바람님 때문에 눈을 감고 잠시 있다 눈을 떴어요. 언제 오셨나 구름님이 내 몸을 안아서 사뿐히 앉혀 놓고 바람님은 운전을 하시는군요.

　얼마를 갔을때 내려다 보는 들판 한 모퉁이에서 콤바인 작업을 하시는 농부님을 만났습니다. 어떻게 이렇게 일찍 수확을 하시는지요. 라고 물었어요. 예. 남보다 빨리 부지런히 수확해서 빨리 팔아 돈을 많이 벌잖아요. 그래서 조생종으로 심어서 이렇게 제 마음을 행복하게 즐겁게 해 주는군요.

다른 논에는 보이지 않는 메뚜기 친구님들이 아우성입니다. 다른 논 벼는 덜익어서 맛이 없는데 좀 더 기다렸다 하시라고 푸드득, 푸드득 날개짓 하며 데모를 합니다. 한번 지나갈때마다 먹이가 놀이터가 줄어드는 메뚜기의 슬픔, 아픔을 아랑곳 없이 밀어 붙이는 농부님이 많이 원망 스러운가 봅니다.

콤바인 속에 끌려 들어가 사망하는 친구들의 아픔을 가슴에 묻어 두고 옆에 논으로 아직 익지는 않은 옆에 논으로 많은 친구들이 이사를 가는군요.

또 다시 여행을 갑니다.

어 이곳에는 메뚜기들이 어떻게 살까. 논마다 추수가 끝나서 텅텅 비었습니다. 논뚝에 도랑뚝에 바랭이 잎에서 먹을것이 없어서 힘이 하나도 없는 친구들이 눈물을 흘리고 있습니다.

아주 어릴때 꼬맹이 시절에는 엄마 메뚜기가 등에 자식 메뚜기를 업고 어디 볼일 보러 가는 줄 알았어요. 크면서 사랑을 한다는 사실을 알았지만 예나 지금이나 풀리지 않는 수수께끼는, 사람은 대부분 남자가 크고 멋있고 힘이 센데 메뚜기는 수컷은 왜 그리 작고 못생겼는지 모르겠어요. 자기들 세상에서는 사랑을 하든 말든 누가 뭐라나, 사람들이 오면 창피 하지도 않나 허허 세상에 ~

메뚜기들의 슬픔은 사람들때문이라고 합니다. 메뚜기가 인간 이이 식량으로 먹을 쌀을 갈아 먹어서 어쩔 수 없이 인간도 우리를 잡아서 드신다고 합니다. 이제 어쩔 수 없이 논마다 맛있게 벼가 익은 들판 가운데서는 편안하게 살았는데 이제는 양식도 없고 살곳도 없고 근근히 목숨을 이어가고 있는 이때에 커다란 페트병을 들고 다니면서 우리를 붙들어 가두고 있는 저기 오시는 저 중년의 아저씨를 피할수는 없습니다.

울면서 도망가고 살려 달라고 푸드득 거려서 붙잡으려 달려드는데는 도리가 없습니다. 내 귀를 대고 말합니다. 제발 저기 오시는 분을 그냥 못오게 그리고 집으로 가시라고 말씀을 해 달랍니다.

바람님이 듣고는 고개를 끄덕끄덕, 사정없이 세게 불어대는 바람님의 위력에 ― 아이고 갑자기 왠 바람이 이렇게 세게 불지 ― 그만 가야겠다 ― 하시면서 발길을 돌리시는 그분을 보고 안도의 숨을 쉬면서 기뻐하는 메뚜기를 바라봅니다. 또다시 여행을 갑니다. 이곳은 아직 수확을 하고 있지 않네요. 계속되는 벗님의 장난으로 수확시기가 지났건만 벼이삭이 젖어서 태양님의 바람님의 힘을 빌어 옷을 말리고 있는 들판이군요. 어디에 숨었는지, 푸드득 소리가 들리지 않네요. 한낮의 뜨겁게 내리는 그때를 제일 좋아하는 메뚜기님들 저희들끼리 좋다고 푸드득 푸드득 소리치며 좋아 할때가 그리워지는 생각나는가 봅니다. 날씨도 흐리고 날개도 젖고 힘이 없어서 벼잎사귀, 벼이삭 속에 숨어서 사색의 창에서 무슨 생각을 하는지 조용히 말이 없는 메뚜기들입니다.

메뚜기들의 삶은 행복한 삶입니다. 인간이 잡아 먹지만 않는다면 말입니다. 흙에서 태어나서 풀잎에서 잠자고 벼 이삭에서 벼 잎에서 잠자고 실컷 밥먹고 식량이 없어지면 평생 삶을 다한 양 사랑을 나누고 알을 낳고 병원에 한번도 안가고 세상을 등지며 또 다시 흙으로 돌아가는 메뚜기의 삶은 어쩌면 멋진 삶이 아닐까, 비록 생활 하면서 한쪽 다리를 잃어도 슬픔없이 명랑하게 씩씩하게 살아가는 멋진 친구들이 아닌가 합니다.

날이 어두워지니 구름님은 앞을 볼 수가 없다 하시면서 말도 없이 가셨네요. 바람님도 종일 운전해서 피곤하다고 옆에 누워서 잠을 잡니다. 아이고 나는 어떻게 그 먼길을 걸어가라고 ~~~

〈감사합니다〉

23
만남이 있음에 헤어짐이

조용히 하루가 제 할일을 다 했는가 봅니다. 한낮에 뜨겁게 내리쬐던 태양도 모습을 감추면서 저녁놀만 예쁘게 만들고 슬쩍 내일 또 올것을 약속하면서 떠났어요.

아침에 만남을 한 사람들도 내일 또 만남을 약속하면서 떠났어요. 언제나 만남이 있음에 헤어짐이 있듯이 수많은 만남과 헤어짐의 연속에서 즐거운 만남, 슬픈 만남을 하면서 알아요.

오늘은 슬픈 만남이 저를 기다리고 있었네요. 많이 좋아 하고 좋아 해 주고 하던 벗님이 무엇인가의 영문인지 모르는 상태에서 제 곁을 떠났군요. 이별에 말도없이 다가올때는 뜨겁게 다가오드니, 떠날때는 말없이 소리없이 아마도 벗님을 위한 제일 소중한 예의를 안 갖춤이 떠난 이유가 아닌가 합니다.

다가 올때는 깊은 애정을 떠날때는 차가운 얼음장처럼, 다가 오는 사람. 맞이 하기도 어렵고 떠나는 사람 잡기도 힘든 세상이 군요. 많이 부족하고 많이 모자라고 많이 서운하게 해준 그 댓가가 아닌가 합니다.

편하게 그리고 대범하게 남들처럼 아무렇지도 않게 다가오는 사람 맞이 하고, 떠나는 사람 잡지 않고 하는 그런 평범한 사람 이었으면 좋겠네요.

살아감이 얼마나 어렵고 힘든것인가를 또 한번 깨닫는 순간 입니다. 지금까지 제 마음은 한번도 누군가에 다가서서 상대방을 좋아해서 벗님을 사귀지는 않았는데, 딱 한번 그런분이 있기는 하네요. 많이 착하고 많은 사람을 좋아하고 많은 사람이 좋아해주는 그 분.

지금은 그분은 너무 크신분이란걸 나날이 깨닫는 순간의 연속입니다. 왜 그분은 저에게 큰 애정을 쏟으며 다가 왔는지 지금도 몰라요. 몸은 중년이지만 마음은 항상 젊은 새댁처럼 펄펄 불타는 그분인것 같아요.

한번 곁을 떠나신 분은 다시 오셔도 용납이 안 되는 제 마음도 문제가 많아요. 전후시절, 말못함을 이해해 주지 못하는 저의 옹졸함도 참 많거든요. 오늘 하루도 기쁨보다는 마음 아픔이 더 많은 하루인것 같군요.

다가오는 분들은 있는데 다가갈 수 없는 아픔입니다. 제 마음은 선뜻 누구에게 다가가는 그런 마음이 없어요. 아직도 정상적인 인생관을 갖춘 그런 사람이 아닌거지요.

얼굴을 맞대고 테이블에 앉아서 커피를 마시고 식사를 하고 하는 만남도 좋게 보이지는 않지만, 볼수는 없지만, 마음과 마음을 표현하는 글로서의 만남도 참 좋은 만남이라 생각해요.

자신이 누구인지를 알 수 없는 방을 꾸며 놓고 벗님들을 찾아 다니는 분들도 많더군요. 많이 서운하게 세상을 사시는 분들이란 생각을 합니다.

나날이 세월이 흐르는 것처럼 내 마음도 나날이 행복의 세계로 깊이 빠져 들어 가고 있다는 느낌이 들어요. 새로운 예쁜말 친근감이 가는 말, 마음을 편안하게 해 주는 말, 먹지 않아도 배부르게 해주는 말, 아름답고 예쁘고 기분 좋게 해주는 숨어 있는 우리의 보석같은 말들을 한마디, 한단어씩 만날때마다 그렇게 기쁘고 기분이 좋을수가 없어요. 화려하게 포장해 놓은 미사여구라는 또다른 기쁜 마음, 즐거운 감정을 가지게 하는 말들을 제 마음 속에 차곡차곡 쌓아 가면서 기쁨은 즐거움은 말할 수 없이 많이 생기거든요.

저를 찾아 오시는 벗님들은 한결같이 예쁘고, 귀엽고, 아름답고, 품위 있고, 우아한 고운말들을 그렇게 잘 하는지 모르겠어요. 제가 복이 무척 많은 사람인거 맞나요. 감사합니다. 고맙습니다. 많이 많이요.

식사때면 식사안부 멘트를 날리시는 분, 저녁이면 고운꿈, 예쁜꿈 꾸라고 주시는 기분 좋은 문자 한마디, 저는 정말 행운을 늘 몸에 가지고 다니는 사람이란 착각이 들때가 많아요. 진짜 그런지도 모르지만요. 허허 −

지난 8월은 슬픔을 기쁨으로 바꾼 광복절이 있던 달.

많이 기뻐 하면서, 일본애들 많이 미워 했어요. 지금도 제 마음은 한국을 좋게 보는 일본인이라도 무척 많이 싫어해요. 그 8월은 해방의 기쁨, 광복의 기쁨으로 눈 깜박 할 사이에 지나고 말았어요.

맞이한 9월은 추석 한가위를 생각 하면서 기쁜 마음, 행복한 마음으로 보내려 하고 있어요. 우리의 명절, 어릴때처럼 그렇게 신나고 즐겁지는 않지만 그래도 엄청나게 좋아요. 어디를 가도, 누구를 만나도 기쁘고 나눔이 조금도 아깝지 않은 "추석"이란 그 분은 참 좋은 분이 아닌가요.

시작이 반이라고 벌써 제 마음은 9월이 반은 지나 중순에 접어든 느낌이 들어요. 벗님들 오늘도 행복을 옆에 데리고 다니시는것 맞나요. 늘 항상, 어떤 일이 있어도 데리고 다니시기예요.

제 마음 한 구석은 토종밤이 예쁘게 입 벌리고 주인을, 손님을 기다리는 산골에 숨어 있는 밤나무님을 만나러 가고 있어요. 작년에도 많이 주셨는데 올해도 일년 내내 고생해서 키운 자식들을 인간에게 주시는 그 밤나무님에게 이렇게 말해요. 고맙습니다. 전 쪼금만 가져 갈께요. 산에 사는 친구님들 많이 주세요. 아주 많이 많이요. 〈감사합니다. 고맙습니다〉

24
진정한 나는 누구인가를 생각해본다

가을비가 내리는 오후이군요.

괜히 마음이 싱숭생숭 하기만 하네요. 전에는 그래도 단순히 비가 오면 비가 오는가 부다라고 느끼면서 살던 때가 엊그제 같은데, 이제는 비가 오면 비가 오는대로 무엇인가에 내 마음을 빼앗긴것 같은 느낌입니다.

젊은 시절에는 모든것이 내것인양 좋아서인지 몰라요. 비가 와도 비를 맞아도 즐겁고 좋았는데 지금은 그렇지가 않아요. 당장 걱정 감기 걸리면 안되는데, 하는 마음이 제일 먼저 듭니다. 비가 억수로 쏟아지는 어느날, 꼭 집에는 가야 되는데 차도 없고 걸어서 가야 하는데 제일 갖고 싶은것, 우산 하나만 누가 줬으면 아니 같이 씌워 줬으면 하는 것이 제일 기쁜일이 아니었나 합니다.

배가 고파서 미칠것 같은데 돈도 없고 먹을것이 없을때 누군가가 도움의 손길을 주면 평생을 잊지 않고 소중하게 그분을 여기지만 배부를때 주는 도움은 깊은 감명을 받지 못합니다.

우리 인간 관계도 그렇게 아닌가 합니다. 사람들은 그 타이밍을 일부러 맞추려 하지는 않지만, 착하게 살고 남에게 베품을 많이 하는 분들은 그 타이밍이 저절로 잘 맞는다고 합니다. 베푸는 행복보다 베품을 받는 행복을 즐기는 그런 사람이 되지 말아야 하는데 저 자신도 그렇게 되어 가고 있는지 모르겠습니다. 부끄러운 저에 참모습입니다.

전에도 말했습니다. 상대방에게 기분 좋은말 빗방울 수만큼 행복하세요. 처음엔 많이 좋았습니다. 한참 지난 어느날 폰을 만지다 보니 옛날부터 폰의 세상에서 돌아다닌 흔한 말이 없습니다. 제가 그렇게 어둡게 세상을 살고 있음에 한방 맞았습니다. 허허.

중년의 길을 걸어 가면서 혼자만의 시간을 많이 갖게 됩니다. 저만이 그렇지는 않겠지만 살아 오면서 하고 싶었던 일 그일은 글을 쓰는 일이었습니다. 매일 아내한테 아이들한테 혼나서 글을 쓸수가 없었습니다. 잘 쓰지도 못하면서 매일 폼만 잡는다고요. 지금도 많이 혼납니다. 아내 한테요. 젊은시절 회사를 다닐때는 그래도 글을 쓸때는 아내에게 맛난 것도 사다 주고 예쁨도 많이 헐었습니다. 왜냐하면 사보에서 원고료가 짭짤하게 나왔거든요. 월급보다는 적었지만 보너스라 생각하고 아내는 많이 좋아 했어요. 그러나 지금은 "전"이 안 나오는 글을 붙들고 앉았다고 많이 불평을 합니다.

진정한 프로가 아닌 초보 아마가 돈에 물들게 되면 참다운 글은 안 나오고 가식과 허무에 찬 공허한 글이 나옵니다. 누가 봐도 금방 알 수 있는 그런 졸작만 몇개 만지작 거리다 소리없이 사라지는 많은 사람들을 봅니다. 지금도 세상에는 진정한 자신이 아닌 가식과 가면을 쓰고 이중의 탈을 쓰고 사는 사람들이 너무 많습니다.

많이 생각하고 고민 합니다. 진정한 나는 누구인가를 하루를 후회없이 살고 있나를, 나로 인해 보이지 않는 곳에서 아픔을 가지고 사는 분들은 없나를 조심, 신중을 기하면서 살지만 자신도 모르는 사이에 아픔을 안고 사는 사람이 어딘가에서 나를 원망하고 욕하면서 살수 있다는 그런 마음을 늘 가지면서 살아갑니다.

비가 와서 행복한 사람은 누구일까. 그 사람은 매일 비가 왔으면 좋겠지요. 비가 오면 불행한 사람은 누구일까 그 사람은 비가 안 오면 좋겠지요. 그렇습니다. 비가 오면 기쁜 사람은 비가 오면 불행한 사람을 생각하는 마음, 역으로 비가 안오면 ~~ 그렇습니다. 그런 마음으로 살아 가기는 많이 힘들겠지요.

이제는 빗님도 그만 들판에서 익어가는 곡식만 바라보고 사시는 농부님들의 마음은 하루라도 한시라도 한여름의 뜨거운 태양은 아니지만 내리 쬐어 주기를 바라는 마음을 헤아려 주는 하

늘님이 되었으면 하는 바램입니다. 그러나 저는 비가 와서 좋습
니다. 그냥요. 모든일을 긍정적으로 좋게 받아 들이면서 살아가
는 저가 되도록 노력합니다. 〈감사합니다〉

25
탄금대 무술공원

탄금대 무술공원 벤치에 앉았습니다.

아직은 새파란 나뭇잎이 단풍으로 예쁘게 옷을 갈아입을 때는 안 된것 같군요. 가끔가다 떨어지는 도토리는 어린시절의 향수를 불러 일으키게 합니다.

가을이면 산에 도토리를 따러 다니던 시절이 말입니다. 가끔가다 시내에서 가까운 이곳 탄금대에 올때마다 기분을 "업" 시켜서 가곤 합니다.

그렇게 뜨거운 태양은 아니지만 아직도 좀 뜨거운것 같은 태양 아래 떨어지는 도토리는 옛날 같으면 떡매로 나무에 허리를 두어대 때리면 우수수 떨어질 것 같은 그런 마음이 듭니다.

눈앞에 보이는 물레방아는 멈춘지 오래 되었나 봅니다. 옛날에는 청춘남녀들의 많은 사랑을 나누고, 행복을 꿈꾸던 추억과 낭만이 깃든 물레방아간 이었는데 말입니다.

공원 벤치에는 아무도 없지만, 금방 이름모를 다정한 연인이 다녀 갔는지 짙은 향수 냄새가, 화장품 냄새가 나는 군요. 그런 줄 알았으면 저도 어디 멋있고 예쁜 중년 여인 한분을 데리고 와서 옛, 젊은날의 추억을 더듬어 볼걸 그랬습니다.

가끔가다 지나가는 자전거는 늘 내마음을 시원하게 해줍니다. 이제는 아무리 힘껏 페달을 밟아도 그 젊은이들을 따라 갈수 없음이 아픔이고 슬픔입니다. 좋은 시절을 예쁘게 추억속으로 만들고 있는 두 젊은이가 부럽습니다.

풀, 벌레가 자꾸 몸에 달라 붙어요. 진짜 자연의 냄새가 나는 것 같아서 좋습니다.

어린시절에 도토리에 가운데를 성냥개비를 박아서 팽이를 만들어 놀던때가 생각납니다. 그렇게 예쁘고 앙증맞게 예쁘게 돌던 팽이였습니다.

길가에 코스모스 잎을 따서 공중으로 던지면 뱅그르르 돌면서 떨어질 때 무척 보기가 좋고 예뻤습니다. 학창시절에는 꽃잎을 따서 책갈피에 간직하면서 기뻐하고 즐거워 했습니다.

좀 이른 시기 이기는 하지만 칡덩굴이 잔치를 하는 곳에서 가지 마다에서 올라와 칡꽃이 피어날때면 보통 사람이 보기 힘든 예쁜 꽃들의 잔치였습니다. 지금도 보기 힘든 칡꽃은 보통꽃과는 많이 우리의 정서가 담긴 예쁜 꽃입니다.

나이가 드니까 나이에 관계없이 이야기 하기가 쉽습니다. 젊었을 때는 마음이 설레이고 얼굴이 빨개지고 하면서 이성들과 연애를 하라고 할때보다 훨씬 편하고 자연스럽게 이야기 할 수가 있어서 엄청 좋습니다.

살살 불어오는 바람은 말궁둥이만 살찌게 하는 것은 아닌가 봅니다. 우리 사람도 책을 읽으면서, 시를 읊으면서 마음을 살찌게 하는가 봅니다. 여름에 바람은 마음이 몸이 뜨거워져서 싫은데 가을에 바람은 내 마음을 행복하게 해 줍니다.

강물이 너무 잔잔 합니다. 고기들도 휴식을 취하는가 봅니다. 철새도 한마리 없고 한 여름의 물속보다는 가을의 물속이 더 좋은가 모릅니다. 고기들도.

까치가 옆에서 놀자고 합니다. 옛날부터 까치는 길조라고 해서 어르신들이 많이 좋아 했는데 말입니다. 까치가 울면 반가운 손님이 오거나 만난다고 했는데 저도 그런분이 어디서인가 저에게 오고 있는지도 모른다는 생각이 듭니다.

오늘은 외따로 홀로 서 있는 코스모스에 입맞춤 합니다. 바람님이 박해를 하지 않네요. 어릴적 맡아 보던 그 향기가 없습니다. 너무 혼자 쓸쓸하게 피어 있어서 친구가 없어서 향기가 사라졌나 봅니다. 그대신 고독감, 쓸쓸함만 풍기는 것 같습니다. 작년에 꽃씨가 소풍 다닐때, 친구들 많이 같이 머무르는 곳에 떨어져서 같이 살면 좋았을 터인데 이 코스모스는 모험을 좋아하고, 여행을 좋아 하는가 봅니다. 배낭은 어디에 감추었는지 보이지는 않는데 여행을 다니는것은 아닌것 같고, 외딴집에 혼자 사는 것 같습니다.

강건너 마을에서 닭 우는 소리가 들립니다. 정말 오랫만에 들어보는 반가운 소리 입니다. 닭울음 소리라도, 개짖는 소리라도 흔하게 들으면서 살던 어린 시절의 정말 행복했던 시절이란 느낌이 또 듣게하는 순간 입니다.

하늘에는 먹장구름이 어디로 가서 멈추려고 하는지 자꾸 제 시야에서 왔다갔다 합니다.

높고 높은 가을 하늘에 새하얀 새털구름이 보이지 않아서 유감입니다. 검정 먹구름을 보면 기분이 별로지만, 새하얀 새털 구름을 보면 내 마음도 새처럼 훨훨 날아갈것 같은 기분이 드는데 저 만이 느끼는 기분이고 감정일까요.

연세 드신분들은 자전거에 음악을 틀어 놓고 천천히 아주 천천히 자연을 벗삼아 음악을 들으면서 유유자적 중년, 노년을 즐기시고 계시는군요. 어쩌면 멀지 않은 날의 제 모습이 아닌가 합니다. 저도 저분들처럼 저정도로만 산다면 큰 행복은 아니지만 행복이 아닐까 하는 생각을 합니다.

중년, 노년이 되면서 많은 어르신들이 자연스럽게 어울리는 것은 정말 보기 좋습니다. 얼마 안 남은 생을 편안하게 즐겁게 사시는 모습이 정말 보기 좋습니다.

탄금대 나올때마다 그런걸 느낍니다. 신립장군이 일본애들과 싸우실때, 같이 조국을 위해 싸우다 전사하신 그 분들중 저에 할아버지도 계시지 않았을까 하는 마음도 듭니다. 제가 살던 고향도 여기서 가깝기 때문입니다. 그러기에 우리 조상님도 혹시 오셔서 싸우지 않으셨을까 하는 생각을 해봅니다.

보고 싶었는데 꿩들이 노래하고, 다람쥐가 재롱 부리는 것을, 오늘은 탄금대에서 볼수가 없군요. 올때마다 보았는데, 아마 어디 숨었는지, 날씨가 흐려서 기분이 안 좋아서인지 방에서 나오지 않나 봅니다.

이제 그만 돌아가야겠습니다. 꿩, 다람쥐야 서운하다. 너희들도 보고 싶었는데... 〈감사합니다〉

26
이런 생각을 해봅니다

노인은 외롭습니다.

누구나 늙으면 슬픕니다. 오늘도 많은 어르신들이 무료하게 공원 벤치에 앉아서 보내고 있습니다. 누군가가 무엇인가가 새로움이 있기를 기대하면서 하루를 지내시지만 평생을 살아 오시면서 처자식과 가족들을 위해 열심히 사시고 나면 종말에는 좀 편한 여생을 보내려 하면 경제적으로 큰 아픔과 고통을 받게 되는 현실입니다.

그렇게 가족을 위해 쓰다 남은 조금은 경제적으로 살 수 있는 돈이 있으신 분들은 괜찮습니다. 돈이 없으면 늙어서 슬픔입니다. 아픔입니다. 고통입니다.

열심히 살 때 아이들이 어릴때는 그 고통을 나중에 내가 이렇게 된다는 사실을 잘 모릅니다. 뒷바라지 해줘야 된다는 그런 의무감이 어느 부모이건 다 가지고 있습니다.

자식을 훌륭하게 키워 내 보내면 부모는 그대로 껍질만 남게 됩니다. 그 껍질을 장성해서 사는 자식들은 잘 돌보지 않고 외면한 채 살아가는 경우가 많습니다. 손자들은 돈없고 힘없는 할아버지 할머니를 좋아하지 않습니다. 자식들도 똑같습니다. 형식적으로 부모니까 마지못해 찾아오고 하는 자식들이 너무나 많은게 큰 슬픔입니다.

역으로 늙어서도 돈이 많으면 자식들은 효도를 잘 합니다. 자식들이 많으면 서로 모시려 합니다. 보이지 않는 돈의 위력은 너무나 큽니다. 진정 효도를 하는 것인지, 돈에게 효도를 하는 것인지 모를 때가 너무 많아요.

혼자 사시는 어르신 혹은 두 내외만 사시는 어르신들이 점점 많아져 가는 시대에 접어 들면서 사회적으로 큰 문제가 아닐 수 없습니다. 개인의 문제가 아닌 우리 사회의 큰 아픔입니다.

점점 나이가 들어가는 저 자신도 남의 문제라고 방관하고 뒷짐만 지고 있을 때는 아니라는 걸 너무나 잘 압니다. 하루하루를 열심히 사는 것, 부끄럽지 않게 사는 것, 그냥 착하게 정직하게만 살면 되는것인가도 의문을 가질때가 많습니다.

이런 생각을 해봅니다.

이 나이에 매일 아픈 몸을 이끌고 병상에서 신음하고 계시는 제 또래의 벗님들을 생각하면 저는 참 부자이고 행복한 사람이

란걸 느낍니다. 아프지 않음을 행복이고 살아있음이 즐겁고 하여튼 그런 마음입니다.

매일매일 만나는 어르신 멀리서 저를 향해 걸어 오십니다. 제가 많이 싫어 하시는 분입니다. 매일 거짓말만 하시고, 자식이랑 내가 돈이 얼마 있는데 하면서 항상 입만 열면 거짓말만 하시는 그 분은 정말 싫습니다. 못 본채 하면서 외면하고 있으면 옆에 와서 기침을 합니다. 전 그제서 돌아서서 인사를 합니다. 인사를 받으시고 고개의 방향을 돌려서 다른 곳으로 가십니다. 사람들은 그분을 봐도 인사를 안 합니다. 그분은 자꾸 어른 행세를 하려고 하면서, 노인 대접을 받고 싶어하고 이야기 하고 싶어 합니다.

그런 연세가 되도록 무엇이 잘못인가를 모르시는 분입니다. 나이가 들면서 그런 마음으로 대접 받고 싶어하면서 옛날의 권위주의 의식에 사로 잡힌채 사시는 어르신들이 생각보다 많은 현실이 너무 슬픔입니다. 시대가 바뀌면서 어르신들의 마음도 행동도 바뀌셔야 하는데 그렇지 못 한채 살아 가시는 어르신들이 뜻밖에 제 주위에 너무나 많습니다. 슬픔입니다. 아픔입니다. 한 팔순이 꽉찬 어르신은 저만 보면 먼저 인사를 하셔서 제가 많이 민망 할때가 많게 하시는 분이 있습니다. 전직 고등학교 선생님이셨던 그분은 왜 그런지 제가 자식이나 친동생이었으면 좋겠다는 말씀을 자주 하십니다. 권위주의가 없습니다. 구세대의 어르신이 아닙니다. 제가 말씀을 나눌때마다 많은 말씀을 해 주십니다. 교단에서 아이들과 생활하면서 겪은 이야기를 주로 하십니다. 듣고 있다 보면 공감이 가는 부분이 많아요. 제 학창시절을 훤히 알고 이야기 해 주시는 것 같은 기분이 들어요. 언제나 어디서나 제 마음속에도 이렇게 편하고 존경하고픈 어르신들이 많았으면 좋겠는데 제가 너무 힘들게 살아서인지 주위에 그런분을 뵙기가 하늘에 별따기 입니다.

오늘은 좀 늦잠을 자려 했는데, 잠이 오지 않고 펜을 잡으면 마음은 편하고, 무엇을 써 보자니 귀찮고 한, 그런 날이군요.

감사합니다. 많이 행복하세요.

27

마음은 거울인 것처럼

미소가 아름다운 그대여!

웃음이 예쁜 그대여!

언제나 환한 미소, 밝은 웃음으로 하루하루를 살아가는 우리가 되어 보지 않겠습니까? 언제나 어디서나 많은이의 마음을 행복으로 사랑으로 듬뿍 심어주는 그런 사람이 되어 보지 않겠습니까?

마음은 그 사람의 얼굴입니다. 마음이 예쁘고 착하면 표정에 금방 나타납니다. 절대 마음은 거짓말을 하지 않아요. 한번 생각해 보세요. 이렇게 내 마음속에 착함과 기쁨과 즐거움과 행복과 사랑이 꽉 차 있는 마음이다라고 하루에도 몇 번씩 그런 마음으로 행동하고 말하고 하면 자연히 나도 모르게 그런 예쁜 마음이 생긴 답니다. 못생기고 잘생기고 상관 없습니다. 아무리 못 생긴 얼굴이라도 그 마음은 다 보입니다. 착한 마음, 예쁜 마음의 표정으로 바뀌어 갑니다.

아이들에게 인자하고 따뜻하게 보이고 용돈도 많이 주면 며느리, 딸, 아들에게 아낌없이 베푸는 마음, 그건 부모의 마음이면서 사랑, 행복의 마음입니다.

이웃에게 내 주위에 분들에게 항상 웃음으로 따뜻한 미소로 눈 인사라도 해 보십시오. 그것은 자신의 마음에 행복을 사랑을 차곡차곡 쌓아가는 기쁨입니다. 돈이 안드는 행복입니다.

아침에 일어나는 아내에게 말없이 두 손을 꼭 잡아 주고 한번 환하게 웃어 주십시오. 믿음이며, 신뢰이며, 행복이며 사랑입니다. 이 세상에서 내 반쪽이 제일 소중하고 값지고, 숨기고 혼자만 보고 싶은 보석입니다. 보석을 흙속에 쳐넣고 찾지 않으면 영원히 흙입니다. 예쁘게 잘 모시고, 서로를 존중하면서, 오래 살기예요.

아침을 드시고 대문을 나서는 자기를 뒤에서 한번 안아 주세요. 엄청 좋아 합니다. "왜 이래 늙어 가면서 주책이야"라고 하시는 낭군님은 아내님은 없습니다. 그냥 조금이라도 더 붙어 있기를 원합니다. 이렇게 평소에 작은 사랑을 조금씩 표현하면 멀지 않은 날에는 큰 사랑, 큰 행복이 옵니다. 지금부터라도 한번 해보세요. 처음에는 많이 어색합니다.

저녁에 들어오시는 님에게 따뜻하게 말 한마디는 안 하더라도 활짝 웃어 주십시오. 하루 종일 쌓인 스트레스가 확 풀립니다. 행복은 먼데 있는게 아닙니다. 우리의 마음속에 도사리고 있는데 그걸 꺼내서 표현하는데 너무 서툴러서 많은 사람들이 힘들고 어렵게 쓰고 있습니다. 작은 사랑 작은 행복은 오랜 시간이 지나면 큰 사랑, 큰 행복을 줍니다. 우리 서로 사랑하면서 살아갑시다. 행복해 집니다.

늘, 항상 잘될거야, 라는 마음을 가지고 살아 보십시오. 분명히 멀지 않은날에는 잘 됩니다. 늘 긍정의 마음으로 살아가는 우리가 됩시다. 긍정은 사랑을 행복을 가져다 줍니다. 부정은 불행과 슬픔을 가져다 줍니다. 항상 어디서나 언제나 긍정의 마음으로 살아가는 우리가 됩시다.

한번의 시작으로 여러번의 시작으로 실패했다고 좌절하지 마세요. 그것은 좌절의 늪에서 벗어나는 지혜를 주는 보약입니다. 좌절해 보지 않고, 실패해 보지 않은 마음을 가진 사람은 큰 사람으로 큰 행복을 가질수 없는 소인배로 남고 맙니다.

한 여름의 무더위를 짜증 많이 내시면서 살아 오셨지요. 그렇게 생각 마십시오. 한 겨울에 추위를 생각하면 하나도 조금도 짜증나지 않습니다. 사람은 생각하기 나름으로 행복과 불행의 마음을 왔다 갔다 합니다.

아침 햇살이 창문을 두드리고 하늘에 햇님은 어서 일어 나라고 눈웃음을 칩니다. 창문을 열고 아침 햇살을 듬뿍 들어 마시고 햇님과 살짝 웃으면서 교감 하세요. 내 마음이 나도 모르게 좋아

집니다. 순간의 짧은 행동은 마음을 행복하게 기쁘게 바꿔 줍니다.

직장에 출근 하시면 먼저 밝은 미소로, 아름다운 눈빛으로 인사 하세요. 모두가 나로 인하여 행복하고 즐겁게 기쁘게 하루를 열어 갑니다. 하루 종일 즐겁고 기쁘게 살 수 있습니다.

지금까지 우리는 너무 빨리 빨리 병을 앓으면서 살아 왔습니다. 경제의 틀이 이제는 좀 바뀌어야 합니다. 좀 느려도 완전하게 일회용이 아닌 영구적인, 그러나 쉬임없이 쏟아지는 신제품의 홍수를 맞으면서 살고 있음이 어쩌면 행복인지도 모릅니다.

자고 일어나면 신제품이 쏟아지고, 며칠만 사용하면 구형이 되어 버리고 마는 많은 물건들을 슬기롭게 지혜롭게 처분하는 우리 민족은 지혜롭고 슬기롭게 처분하는 저력은 세상 친구들을 놀라게 합니다. 우리 민족은 지혜롭고, 창의적이고, 우수합니다. 늘 항상 저는 대한민국의 국민임을 자랑스럽게 기쁘게 행복함을 가지고 삽니다.

저는 가끔 그런 생각을 합니다.

이순신 장군이 일본애들을 쳐 부술 때 타고 다니던 거북선을 타보고 싶습니다. 정말 많이요. 한편으로는 그런 생각도 해봅니다. 전철 한번, 이렇게 한번 태워 드리고 싶습니다. 이순신 장군님을요. 나는 과거로 돌아가서 거북선을 타보고 장군님은 미래로 오셔서 전철을 비행기를 타 보시면 좋겠다는 마음을 다져 봅니다. 많이 즐거워 하시고 좋아 하시겠지요.

세월은 말없이 소리없이 흘러 갑니다.

오늘도 기쁜 마음을 가지고 즐겁게 행복한 마음만 가지고 살아가는 우리가 되었으면 좋겠습니다. 늘, 언제나, 어디서나 양심에 꺼림직한 행동을 하지 말고 어떠한 어려움이 있어도 양심을 내 동댕이치는 그런 일을 하지 맙시다. 순간의 선택은 불행과 행복의 경계선에서 왔다갔다 합니다. 지혜롭게 슬기롭게 살아가는 우리가 됩시다.

자 한번 웃어요. 기쁜 우리 좋은날 시작해요. 〈오늘도 감사합니다.〉〈많이많이 행복한 날 되세요.〉

28
어린시절 ~

　어린시절 코 흘리개가 손수건을 달고 초등학교를 입학하던 날을 기억하고 계시는지요. 엄마와 누나들이 많았던 옛날의 가정에서 학교 들어 가기전에 한글을 떼고 들어가면 그렇게 신이 나고 좋았드랬어요. 대부분의 애들이 공부는 그렇게 신경을 쓰지 못했드랬어요. 특히 시골에 아이들이요.

　부모님들도 학교가고 오는걸 별로 신경쓰지 않고, 어떻게든 데리고 일만 시키려고 한 부모들이 많았드랬어요. 책보를 내려 놓기가 바쁘게 데리구 가서 고추따라고 시키고, 아니면 다래끼 어깨에 메고 토끼풀 뜯어 오라고 했시유. 그것이 꼬맹이 시절 시골에서 자란 애들이 당연히 해야 되고 또 해야 되는 줄 알고 하면서 살았거든요.

특별히 가난뱅이도 특별히 부자도 없던 그 시절은 오리마다 십리마다 집한채가 있는 산골백지 마을에서는, 멀리서 바라보면 그저 평화롭고 한가로운 아담하게 동그랗게 지어진 초가지붕 정감이 나는 예쁜 집이었지요. 아침마다 높이 솟은 굴뚝에서 연기가 나는 모습을 보면서 욕심없이 착하게만 하게 살면 그 옛날의 우리들의 모습입니다. 도회지 애들은 잘 몰라요.

길가는 나그네가 언제든지 쉴수 있는 문간방은 개방되어 있고, 사랑방은 언제나 오고 가는 객들이 한잔 술을 마시면서 편안하게 살아가던 우리들의 옛날 살던 모습입니다.

봄이면 국징이로 밭을 갈던 우리의 아버지 할아버지 엄마들의 모습. 밭고랑에서는 누나, 엄마, 할머님이 씨부리며 살던 우리들의 옛모습을 마음속으로 그려봅니다.

새참때면 언제나 먹는 국수 아니면 멀건 수제비국 한사발의 막걸리에 갈증을 배고픔을 달래 주면서 주린 배를 움켜쥐고, 살아가던 우리 옛 어르신들의 순박하고 착한 모습을 그려 봅니다.

마을에 딱 한집 있는 과수원집은 매일 잔치집처럼 온 마을에 사람들이 일하느라 바쁜 가운데도 누나는 엄마는 동상을 데리고 엄마한테 젖먹이러 가던 일. 먹이고 나오는 뒷모습을 물끄러미 바라보던 엄마는 한 귀퉁이가 썩은 사과여나무개를 손에 쥐어 주면 그걸 동생과 같이 썩은 부분을 베어 내고 맛있게 먹던 그 옛날의 친구들이 그립습니다. 다 어디가서 무엇하고 사니, 보고 싶당게.

삼밭을 하시는 그 부자집 마당에는 짚으로 "이엉"을 엮느라 마을에 남녀노소 사람들이 마당에 모여서 "이엉"을 엮고 있습니다. 한 마당에 몇푼을 받았는지 기억은 안나지만 학교 갔다 오면 꼬맹이들도 엄마들, 아부지들, 누야들, 엄마들 옆에서 짚을 집어주던 그 꼬맹이들 다 어디 갔나요.

밤이면 사랑방에서 아부지들은 새끼를 꼬시고 한쪽에서는 가마니를 짜고, 멍석을 짜시고, 삼태미를 만드시던 어르신들 다 어디 가셨나요. 모두를 한결같이 착하게만 사시던 우리들의 어르신들 하늘나라 아니면 별나라에서 편안한 깊은 잠에 빠지셨나요. 그래도 옛날에는 아무리 가진 것이 없어도 제사밥은 꼭 챙겨 드렸는데, 요즈음은 각 가정에서 제대로 챙겨 주시는지 모르겠군요.

우리들의 풍습이 점차 사라지고 빨리 간단히 편리라는 옷을 입고 점점 변해 버린 우리 풍습도 많이 날이 갈수록 보기가 힘들어 지는 시대입니다.

장날이면 아부지가 사오는 검정 고무신, 돈이 없어서 이번 장날은 엄마꺼, 다음 장날은 누나꺼, 막내인 내꺼는 언제 사오시는지 엄마들이 누나들이 많아 손꼽아 기다려도 언제 차례가 올지 왜 나는 막내로 태어났나 동생으로 끄트머리에 태어났는지 엄마들 누나들이 속상했던 막내는 언제나 울상이었지요.

밥 먹는 시간이면 막내면 할아버지 할머니 상에서 밥을 먹고 맛나는걸 얻어 먹는 기분은 특권아닌 특권 옛날에는 왜 할아버지들은 막내를 좋아 했는지 엄마들, 누나들은 많이 막내를 부러워하는 시간입니다.

그렇게 한집에 보통 7~8명씩이나 되는 형제 자매들이 살던 그때는 지지고 볶고, 울고 웃으면서 살았어도 지금처럼 이렇게 부모한테 행패 부리고 돈 안준다고 말썽 피는 불효자는 없었는데 참 세월이 흐르면서, 물질만능 시대가 되면서 부모에 대한 "효"는 어디로 사라졌는지 점점 찾아보기 힘든 세상입니다.

부모는 돈이 있고 부자여야만 효도하는 자식들을 보면서 많이 슬프고 가슴 아픈 이 시대를 살아가는 슬픔이고 아픔입니다. 무엇이 어디서부터 어떻게 꼬여서인지 알 수 없는 수수께끼 같은 삶을 사는 요즈음의 살아감은 어쩌면 그렇게 행복하고 기쁨만 가지고 살아가는 시대는 아닌 것 같구만이라.

알게 모르게 기쁨을 행복을 가지고 살아가는 사람보다, 슬픔을 아픔을 고통을 가지고 살아가는 사람들이 너무나 많은 이 시대의 슬픔인가 합니다.

보이는 행복보다 보이지 않는 불행이 더 많이 그늘에 가려서 살고 있는 이시대의 슬픔이지요.

오늘도 어떻게 하면 만인이 평등하게 모두가 잘 살수 있나를 생각하고 고민하는 그런 사람을 제가 잠깐 가져 봤어요. 〈감사합니다. 오늘도〉

29
오늘은

오늘은 길을 걷다가 길 옆에 야산에 올라왔습니다. 뜻밖에도 산넘어에는 넓은 밭이군요. 드넓은 과수원 사과밭, 아직 수확이 안 된 듯 합니다. 어쩜 그렇게 작고 예쁜지 옛날에 맛보던 토종 사과 작은 것이 아닌가 해요. 지금은 돈이 안되는 종자는 다 캐 버리고 신품종으로 하는데 좀 의외로 감상에 젖게 하는 과수원이군요.

노부부인듯합니다. 밭 한 모퉁이에서 고구마를 캐시고 계시는군요. 뜻밖에 불청객을 바라 보시는 모습은 인고에 세월이 말해 주듯이 무척 많이 연로하신 어르신이군요. 제가 좀 캐드려도 될까요. 호맹이를 들고 옆에서 말없이 캐고 있습니다. 할머니는 저에게 말씀 하시네요.

이건 큰아들네 주려고, 이건 작은딸들 주려고 한다면서 호맹이를 저를 주시고 박스에 고구마를 주워 담으십니다.

고구마를 그렇게 좋아했던 큰아들을 데리고 어릴적 고구마를 캐던 생각이 난다고 하시는군요. 뺀들뺀들 말도 안듣고 고구마도 캐지 않았지만 그렇게 귀엽고 착하게만 보였던 아들이었다구요.

넌지시 물었습니다. 어르신 사과나무를 보니 많이 늙고 고목이 된 나무가 너무 많네요. 그려 그 사과나무는 우리 아들 어릴 때부터 있었던 나무이구만 우리 아들도 60이 되었으니 오래 되긴 되었구만, 지금도 서울에 있으면서 꼭 주말이면 내려와 사과나무에 소독하고 그 사과나무는 내가 하는게 아닐세, 아들이 짓는 거라네, 무슨 사연이라도 있는지요. 그 사과는 우리 부부의 전부일세. 그곳에서 애들 사남매 시집, 장가 보내고, 이제까지 걱정없이 살아 왔네, 우리부부 보다는 아들이 그 사과맛을 어떤 사과보다 맛이 있다고 하면서 다른 사과는 쳐다도 먹지도 않네.

그런 깊은 사연이 있는 사과 나무였습니다. 얼마를 캤는가 할머니는 새참이라고 도토리 묵을 가져 오셨습니다. 올해는 작년보다 도토리가 덜 달렸다고 하시면서 과수원 주위에서 작년에 주웠다고 하셨습니다. 해마다 그 사과와 도토리 묵은 아들의 보약이라고 합니다. 도토리묵도 사과도 그렇게 좋아하는 아들이 이제는 머리가 허여져서 어르신처럼 많이 늙었다고 합니다.

자식이 아무리 나이가 들어도 그냥 부모의 앞에서는 귀여운 착한 자식일뿐입니다. 많이 느낍니다. 아버님이 93세에 하늘나라고 가셨지만 많이 생각납니다. 아버님, 어머님이요.

지금도 어디를 다니다보면 연로하신 어르신들을 뵐때면 자꾸 저에 부모님을 뵙는 느낌입니다. 노부부를 뒤로 하시면 오늘도 헛살지는 않았구나 하는 생각을 합니다. 시원한 가을 바람. 고구마 캐보는 즐거움, 나에 아버님, 어머님을 만나본 느낌. 하늘나라에 부모님이 제 모습을 내려다 보고 계시는 느낌. 항상 느낍니다. 살아 계실 때 불효한 저 이제 후회해도 소용은 없지만, 많이 부끄럽게 살았네요. 나도 저 노부부처럼 평화롭게 행복하게 살았으면 좋겠습니다. 욕심 버리고 자연에도 내가 베푼만큼 받으면서 자연과 더불어 살아 가지는 그 어르신들 오래오래 사과나무와 더불어 건강하게 사시면 좋겠습니다.

언제나 어디서나 착하게 살아가는 세상은 그런 노부부가 행복의 본보기가 아닌가 합니다. 〈감사합니다.〉

30
오늘도 감사합니다

언제부터인가 우리는 산을 자주 많이 찾고 있어요. 휴일이든 평일이든 수많은 분들이 찾는 산은 우리의 마음을 큰 사람으로 많은 기쁨을 행복을 주는 그런 곳이기도 합니다.

젊은 시절에는 무조건 달리고 누가 먼저 정상에 오르나 달리다시피 한 산 정상에 올라서 시원함과 정복감에 젖어서 올라오는 사람들을 보면서 그리고 정상에서 바라보는 산아래의 매력에 아름다움에 매료되어 가벼운 흥분에 빠지기도 했던 산이었습니다.

지금은 등산로가 많이 좋아져서 좀 산행하기가 수월한 것 같아요. 옛날에는 산행하기가 많은 악조건 이었습니다. 지금처럼 곳곳에 위험한 곳에 안전장치를 한곳이 별로 없었기 때문입니다.

인생의 한바퀴는 전 산을 정복하고 내려오는 것과 같다는 생각을 늘 하고 있습니다.

무수히 많은 산이 있습니다. 전 그렇게 생각을 합니다. 한 평생을 100으로 봅니다. 물론 그것보다 훨씬 길게 보시는 분들도 많아요.

산 정상에 오르기까지를 50으로 봅니다. 사람들이 그런 소리를 합니다. 그냥 50이라고 하면 그렇다고 꺽어진 100이라고요. 재미있지 않나요. 우리는 모든 일을 완수하기까지는 수많은 노력과 땀과 정열을 요구합니다. 아침에 까마득히 먼 산 정상을 바라보면서 심호흡을 하고 산을 오릅니다. 옆에는 무엇이 있는지를 보이지가 않아요. 무조건 산을 향해, 정상을 향해 전력을 다해 오르고 또 오릅니다. 왜 일까요. 일단은 정해진 목표를 위하여 ~~~. 어렵고 힘든 고비가 생길때마다 심각한 고민과 갈등을 하다가 중도에 하산하는 사람은 영원한 패배자일뿐 ~ 그들은 정복자의 기쁨을 쾌감을 느끼지 못한채 하지만 끝까지 오른 자는 그 기쁨을 쾌감을 느끼면 또 다른 나를 발견하고 그 만큼 큰 사람으로 태어나게 됩니다. 주말마다 산행을 하시는 많은 분들은 항상 그 기분을 느낌을 나날이 달라지는 저 자신에게 쾌감, 즐거움이 젖어서가 아닐까요.

일단은 정상에 올랐으면 천천히 아주 천천히 오를 때 보지 못한 온갖 아름다움을 마음속에 꼬옥 담으면서 벗님들과 이야기도 다정하게 하면서 이름모를 꽃들과 이야기하면서 짐승들과 놀면서 산새들이 음악회에 들려서 음악감상도 하면서 천천히 즐길 것 다 즐기고 내려 오십시오. 오를 때 힘듬 몇 번이고 포기하고픈 그 마음을 이기고 올랐습니다. 최대한 천천히 많이 즐기면서 산을 오를 때 보다 하산할 때 다치고 실족하고 사고나는 경우가 많다고 합니다.

그건 왜인지 아세요. 인생에서 50까지는 전 황금기라고 하고 싶어요. 무엇이든 실패해도 겁없고 다시 시작하면 된다는 느낌, 감정이 있기 때문입니다. 육체도 50전에는 아파도 병들어도 잘 치료되고 잘 완쾌 됩니다. 세포가 죽어가는 세포보다 생성되는 세포수가 많기 때문입니다.

50이 넘으면 이 세포들도 차츰차츰 제 기능이 조금씩 감소되기 때문에 저는 인생에 있어서 50이 넘으면 100세까지는 산을 내려가는 내리막길 인생이라고 보고 있습니다. 그러기에 천천히 즐기고 다치지 않게 그 종착역 100이라는 역까지 가셔야 되지 않겠습니까? 병들고 아프고 다쳐서 신음하고 고통 받으면서 자신의 주위에 분들에게 걱정주고 근심 주면서 가는 종착역보다 안아프고 안다치고 건강하게 그 역까지 가시는게 좋지 않나요.

50전의 병원생활과 50후의 병원생활은 완쾌되는 기간이 현저히 차이가 많고 달라요. 그렇습니다. 인생의 후반기에서 경주를 하시는 벗님들 각별히 건강에 유의하시고 아프지 않고, 병들지 않은 상태로 인생의 종착역을 가시는 즐거움을 가지시기 바랍니다.

　저 오늘도 행복합니다. 산을 오르지는 않았지만 제 마음속에 산을 올라서 지금 천천히 내려오고 있습니다. 하산길에 20%는 내려온 것 같아요. 앞으로 남은 80%의 길을 다 걸어서 내려올지 아니면 그 길을 다 걷지도 못하고 중도에 포기하고 생각지도 못한 비통한 생을 갈지 모릅니다. 여러 벗님들 생로병사의 틀에서 벗어난 삶을 가고 싶지 않으세요. 생로는 있어도 병은 없이 살고 싶어요. 오늘도 감사합니다. 천천히 내려 오십시오.

31

기쁜 우리 좋은날 ～

기쁜 우리 좋은날이 아직도 여러날 남았네요.

9월 한달을 기쁨으로 즐거움으로 보낼 수 있는 유일한 기쁨의 날, 즐거움의 날, 행복의 날입니다. 알게 모르게 시골에서 느낄 수 있는 제일 첫 번째 분위기는 산마다 부모님, 조상님의 이발을 해드리는 소리가 시끄러운데도 하나도 시끄럽지 않게 들리는 이유는 무엇일까요?

생사를 떠나서 만남은 기쁨이 아닌가요. 비록 볼수는 없지만 평소에 마음속에 계시던 조상님을 생각하면서, 생각하고 싶지 않고, 부끄러웠던 일은 잊어버리고, 즐거웠던 일, 기뻤던 일, 행복했던 일을 떠나 올리면서 조상님과 만남은 행복 그 자체가 아닌가요.

옛날에는 굉장히 큰 행사였어요.

이발을 해 드리는 일, 지금은 옛날처럼 자식이 많지 않아서 너무나 쓸쓸하고 조용하게 조상님의 이발을 해드리는 경우가 많아요. 무엇이 바쁜지, 무엇이 힘든지 참석 자체를 안 하려고 하는 세상으로 차츰 차츰 바뀌어 가고 있고, 귀찮다고 화장을 하는 문화가 차츰 정착되어 가고 있어요.

잘못된 사고방식은 내가 늙어서 못 다니면, 자식에게라도 다니도록 해야 되는데 그것이 그렇게 쉬운게 아닌가 봐요. 아버지가 안오면 그 자식은 와야 됨에도 불구하고 오지 않는 경우가 많아요.

요즈음의 특히 잘못된 사고방식은 돈 몇푼 던져 주고 이발을 해 드리는 사례가 많지요. 차비, 일당, 수당 같은 것을 통틀어 그것이 "득" 이라고 생각하는 못된 사고방식을 가진 사람들이 점점 늘어 간다는 것이 더 큰 슬픔입니다.

내가 그러면 자식은 100% 그렇게 된다는 아니 그것보다 더 잘 안된다는 사실을 너무 몰라요. 그런 경우도 많아요. 해마다 하시는 분들만 하시고, 안 하시는 분들은 안 하는 잘못된 사고방식의 소유자도 생각보다 많아요.

그런 생각을 해봅니다.

저의 아버님은 제 나이때는 자식들이, 사촌, 육촌들이 너무 많아서 낫을 손에 잡으시지 않으시고, 그냥 같이 다니시기만 하셨어요. 그 많은 산소의 할아버지, 할머니의 존함을 몇 대를 설명해 주셨던 아버님 이십니다.

이 할아버지는 몇 대 할아버지 인데, 할머니가 아기를 낳지 못해서 세분의 할머니를 두셨다는 말씀도 해주셨어요. 옛날에는 그런 경우가 많았다고 하네요.

할아버지는 할아버지한테 또 그 할아버지는 그 할아버지한테 전해 들으신 말씀이 그렇게 전해 오고, 또 우리가 전해 듣고 했는데, 이제는 그게 끊어졌어요. 오래전에, 이제는 몇 대 누구인지도 모르고 그냥 조상님이니까 깍아 드리는 그런 형국이 되었어요. 부끄러운 실토를 하게 됩니다.

사실은 저도 그렇습니다. 장조카와 아들 학렬이 산소를 깍아야 된다는 마음은 있어요. 형님들도 연세가 있으시고, 저 또한 그런 나이는 아니지만 그런 마음이 무척 많이 들어요. 늙어가고 있는 슬픔인가요.

산소를 깍으러 가면 작년에 인사를 나눈 도라지가 눈을 감았어요. 활짝 예쁜 모습은 가고 꽃은 시들어 떨어지고 잎은 차츰 말라 들어 가고 있네요. 또 잠을 자러 들어갈 모양 이네요.

길에서 얼마 떨어지지 않은 곳이라 그런지 산새들도 보이지 않고, 그냥 이발해 드리는 소리만 들리네요. 저 댁에서는 이발이 끝난 모양이네요. 자리를 깔고 조상님께 한잔 올리시는가 보네요.

육체는 고달퍼도 마음은 한결 가벼워지는 하루가 아닌가 해요. 올해는 우리에게 어떤 기쁨을 어떤 행복을 주실것인지 내려

오면서 살짝 아버님께 물어 봤어요. 아무 말씀도 안 하시고 화가 많이 나신 것 같아요. 꼭 보고 싶은 제일 사랑을 많이 주고, 정성을 많이 들인 가장 많이 배운 큰 아들이 안 보이기 때문입니다. 전 이해 합니다. 머리가 허연 할아버지인 것을, 저도 살살 꾀를 부리고 싶은 나이인데, 부모님을 조상님을 뒤로 하고 내려오는 발걸음은 그렇게 가볍지는 않은 하루였습니다. 오늘도 잘 지내셨나요. 벗님들. 기쁨, 즐거움, 행복을 한 아름씩 담아 드립니다. 감사합니다. 고맙습니다. =안녕=

32

욕망이 저를 슬프게 합니다

여름은 이제 가을한테 완전히 쫓겨 났구만요. 조금 있으면 가을도 겨울한테 쫓겨 가겠지요. 환절기의 문턱에서 우리 벗님들 감기 걸리시면 안돼요. 작년 다르고 올 다른게 우리 벗님들의 건강이랍니다. 한번 걸리면 생각한 것 보다 오래 걸려요. 완쾌 기간이.

이 짧은 인생살이 아프지 않고, 병들지 않고, 살아감도 큰 행복이 아닌가요. 행복은 항상 마음속에 있다고는 하지만, 그 사실을 모르고 살아가시는 분들이 너무 많아요. 욕심에 눈이 멀고, 탐욕에 눈이 멀고, 내것보다는 남의 것이 더 커 보이는데 눈이 먼 이상한 세상이 되었어요. 자꾸만 그러지 말아야지 하면서 나도 모르게 솟아나는 꿈틀 거리는 헛된 욕망이 저를 많이 슬프게 합니다.

어제 만난 사람이 오늘 안 보이면 이상하고 한 그런 마음, 느끼시지 않으시나요. 알게 모르게 내 주위에 스쳐 지나가는 많은 분들이 말은 안 했어도, 안면만 있고 눈인사만 하던 분들도 안 보이면 그런 생각 많이 들어요. 차츰 차츰 남의 일이 아닌 멀지 않은날 제일이 아닌가 해서요.

어제 먹던 밥도, 오늘 또 먹어야 되는 것처럼, 언제나 어디서나 많이 만나나 적게 만나나 만나면 인사하는 그런 우리가 되었으면 해요. 꼭 말로 안해도 가벼운 목례나 눈인사는 상대방의 마음을 많이 따뜻하게 해줍니다. 벗님들 "안녕" 이라고 하면 좀 아이들 인사지만 얼마나 좋아요. 정말 좋지 않나요.

사실은 저도 이중인격자 인지도 몰라요.

말로는 이렇게 해도 행동으로 다 하지 못할때가 더 많아요. 사람은 완전한 사람이 없고, 완벽한 사람이 없어요. 어딘가 모르게 좀 부족해 보이고 어리숙해 보여야 친근감이 가고 다가가고 싶지만, 바늘로 찔러서 피 한방울 안 나올 것 같은 그런 사람도 살다 보면 엄청 많아요. 저도 그런 사람중에 한 사람 인지도 몰라요.

남들은 아는데 자신만 모르면서 사는 그런것들 너무나 많지요. 남의 눈에는 잘보이는데 내 눈에는 안 보이는 것, 저 만이 그런 느낌을 받고 사는지는 몰라도 그런 느낌이 많아요. 평소에 모르는 사실, 누군가가 살짝기 이야기를 해 주고 귀띔을 해 줄 때 감사함 또 아! 내가 그랬었구나 하는 그런 마음. 벗님들은 느껴 보지 않으셨나요.

해가 가고 날이 가면서 먹고 싶지 않아도 먹는데 나이인 것을. 항상 한 살 먹을 때 마다 기쁨 보다는 슬픔이 앞서는 이유는 뭔가요. 많이 느껴요. 50이 넘은 이후에는 자꾸만 나도 모르게 그런 느낌. 고속도로를 전속력으로 질주하는 상행선때는 기쁨, 행복 그 자체 였어요. 하지만, 하행선을 달리는 지금은 많이 슬퍼요. 많이 아파요. 사람의 살아감에서의 참 모습이 아닌가 해요.

이렇게 오늘도 펜을 들면 기쁘고 즐겁고 해요. 전 참 이상한 아픔을 겪고 있는가 봐요. 펜과 백지를 제일 좋아하는 사람이 되어서요. 또 볼수는 없지만, 말할 수는 없지만 제가 쓴 이 재미없는 글을 읽어 주시는 분이 있기에 너무 행복하고 감사해요.

가끔 창문을 열고 밖을 내다 볼때면 누군가가 몰래 저를 보고 있는 느낌이 들때가 많아요. 그런 느낌을 받으면서 제 마음은 오늘도 나는 양심을 내팽개치고 누군가의 마음을 아프게 하지는 않고 살았나 하는 그런 마음을 많이 가져요. 저만이 가진 느낌, 감정은 아니겠지요.

몇일 전만 해도 창문을 열어 놓고 잤는데, 이제는 꼭 닫고 자는 저가 되었어요. 조석의 기온차가 좀 심해요. 벗님들 꼭 그렇게 하시는 거죠. 나이가 들수록 내 몸은 내가 챙기는 그런 지혜로움을 가지는게 좋지 않나요.

한여름의 태양처럼 뜨겁지는 않지만, 아직도 농부님들은 덜 익은 벼이삭을 보면서 추석전에 조상님께 햅쌀밥을 드리고 싶다면서 하루에도 몇 번씩 논을 왔다 갔다 하시면서 날짜 계산을 하시고 계시는군요. 벗님들도 그렇게 되기를 원하지 않으세요. 제 마음은 그렇거든요.

이렇게 살다보니 인생은 너무 짧은 것 같아요. 한 것 없고, 이루어 놓은 것 없으면서, 세월만 보낸 무지랭이가 되었어요. 아이들한테 좋은 아빠가, 되었는지, 아내한테 착하고 멋진 남편이 되었는지 참 너무나 부끄럽고 모자르게 살아온 제 모습입니다.

좀더 쓰려고 하니 자꾸 제 부끄럽게 살아온 이야기를 쓸 것 같아서 오늘은 이만 쓸께요.

벗님들 건강하시고, 행복 하시게 오래 살기예요. 감사합니다.

33
내리 사랑이 이런 것인가요

군에서 전역한지가 36년이 되었어요.

이제야 저에 막내가 군에 갑니다. 너무나 늦게 낳은 막내 이기에. 제 나이에 다른 많은 벗님들은 짝을 다 지워주고 손자, 손녀의 기쁨을 재롱을 받으면서 사시는 벗님들이 많이 부럽습니다.

대학을 한 학기만 다니고 군에 가는 막내는 저보다도 저에 아내는 무척 좋아하고 사랑을 하는 아들입니다. 위로 누나들의 사랑을 흠뻑 받으면서 누나들 틈에서 자라난 막내는 좀 그런 것 같아요. 여자다운 아이, 그러나 정은 많은 따뜻한 마음으로 모두에게 한번 보면 누구나 좋아하고 싶은 아이예요.

제가 군에 가니까 늙은 아저씨 같은 전우들이 내무반에 많았습니다. 계급은 일병인데 상병, 병장, 고참들이 이상하게 존대를 하고 많이 어려워 하는 그런 고참님들이 많았습니다. 얼마가 지나다 보니 제 위에 선임 고참님이 그렇게 말씀해 주시더군요. 그 군에서 가는 곳, 나쁜짓하면 갔다 오는 곳, 그당시 제가 34개월 군생활을 했는데, 그 고참님들은 대부분 40개월 정도는 한 그런 고참님들이라고 잘 하라고, 아, 그렇구나, 그런 고참님들이 일년을 지나니 대부분 전역을 하셨습니다. 그때부터는 내무반이 제대로 돌아가는 것 같았습니다.

그런 생각을 했었습니다.

한 30년 정도만 되면 우리는 통일이 되어서 최첨단 무기로 현재의 군 병역에서 3분의 2는 줄고 군대도 의무제가 아닌 모병제가 되어서 사병이라도 평생 직업으로 원하지 않으면 복무하면서 자신의 미래를 펼치면서 생활하는 완전한 하나의 직업이 될줄 알았습니다. 저에 잘못된 판단이었지요.

많이 걱정이 됩니다. 과연 군 생활을 잘 할 수 있을까.

저희때와는 달리 신세대 병영의 틀에서 잘 근무하고 생활하리라 믿지만 걱정이 많이 됩니다. 고교 시절에 대학시험 몇일 남았다 몇일 남았다 하면서 카운트 다운 그런 기분이 든다고 합니다. 이제 몇일 남았지 2,1,0 끝났습니다. 이제는 볼수가 없는 아들, 많이 보고 싶은 아들입니다.

옛날 군에 갈때는 마을 게시판 000군입대 집집마다 인사하고 군에 가던 시절이 아득한 옛날입니다. 연세 좀 있으신 벗님들은 체험 하셨겠지만 연세가 어중간한 벗님들은 잘 모르는 그런 군에 갈때의 옛 모습입니다.

가끔가다 TV에서 방영되는 군 생활 중 제가 근무했던 부대가 자주 나옵니다. 그때는 정말 고생을 좀 했는 것 같은데 지금은 역시 멋있었던 제 모습을 그려 보면서 그래도 그때는 좀 괜찮은 군인, 멋있는 군인, 휴가 나오면 많은 아가씨들이 쳐다보던 그런 군인이었습니다.

서울을 갈때면 터미널에서 제 근무했던 부대에 후배들이 많이 나옵니다. 어쩌다가 제가 근무한 곳에서 근무하는 병사들을 만나면 그렇게 반가울 수 없습니다. 제일 많이 군인들이 하는말 군생활이 너무 길다고 합니다. 한 일년정도가 딱 좋다고 하는 병사들이 의외로 많았습니다. 장단점은 있겠지만 그래도 좀 그런 것 같습니다. 너무 짧다는 느낌.

통일은 언제 될지 모르지만, 군에 가는 것은 영광이고 기쁨이고 행복이고 남자라면 누구나 한번쯤 가 봐야 되는 그런곳이란 제 생각은 변함은 없습니다.

이 시간에도 전후방에서 불철주야 나라를 지키시는 많은 군인 아저씨들 너무 고맙고 감사합니다. 나라를 잘 지켜 주셔서 너무 감사합니다. 열심히 근무 하세요. 군 생활은 긴게 아닙니다.

지금은 바뀌었는지 모르겠어요.

병의 책무 - 병은 국민의 한사람으로서 ~

하사관의 책무 - 병과 장교의 교량적 역할을 한다. 병의 책무를 성실히 수행하는 그런 멋진 군인이 되어 주길 바란다.

　사랑하는 내 아들아!

　군에 잘 갔다 오거라.

　정말 많이 사랑한다. 많이 보고 싶을거야. 내 아들. 〈오늘도 감사합니다〉 안녕히 계세요.

34
그 시절이 그립습니다

　시골에 젊은이들이 고향을 버리고 도회지로 탈출하던 시절이 있었지요. 그냥 언제든지 몸뚱이 하나면 부자는 안 되지만 시골에서 땅파고 하던 것보다는 훨씬 좋다고 하면서 고향을 떠나서 살던 그 젊은이들이 지금은 어떻게 살아 가고 있나요.

　산업사회의 소용돌이 속에서 수출의 주역으로 일주일에 한두 번씩은 꼭 철야작업을 하면서 젊음을 불태우던 그분들은 전부 어디 갔나요.

　아무리 많은 사람들이 도회지로 달려가도 전부 수용하던 그 시절이 그렇게 즐겁지는 않았지만, 지금도 그 시절을 그리워 하는 많은 분들이 있어요.

전쟁 전후 세대들 지금의 60대 분들이 그분들입니다. 제일 많이 일하고, 제일 많이 고생하고 자라온 전쟁 전후 세대의 젊은이들은, 지금은 그렇게 화려하게 사회에서 각광받는 위치에 있지 않아요.

태어남의 잘못인가, 시대의 급속한 변화인가.

노인도 아니고 젊은이도 아닌 그분들은 지금 이 사회에서 홀대 받는 계층으로 전락되었습니다. 무엇이 잘못입니까. 어디서 꼬인 형국입니까.

40대 후반만 되면 밀려 나야 되는 이 사회의 구조의 틀이 많은 사람들의 마음을 아프게 합니다. 그런 소리를 합니다. 일자리는 많다고, 일을 않해서 그렇다고, 일자리는 많아요. 살아가는 가장 표준이 될만한 임금을 주지 못하는 기업주의 아픔이 더 큰 슬픔입니다.

인력은 남아 도는데 일할 사람이 없어서 밀물처럼 밀려오는 외국의 근로자들을 안받을수도 막을수도 없는게 현실입니다.

단일 민족, 백의 민족의 틀이 깨어진지 오래 되었습니다. 이제는 지구촌은 한가족이란 타이틀이 되었습니다. 많은 문제점을 가지고 있으면서도 "득" "실" 을 따져서 그분들을 안 받을 수 없는 현실입니다.

지금 생각하니 그래도 그 시절이 그립습니다.

아침에 밥 먹으면 나가서 일할 수 있는 곳이 있다는 즐거움, 행복감, 피곤한 몸을 이끌고 집에 와서는 꿀맛같은 밥을 먹을 수 있었던 뿌듯한 행복감, 많은 보수는 아니지만 그래도 행복했던 그 옛날의 우리들이 살아가던 모습이 그립습니다.

너무나 빨리빨리의 병에서 헤어나지 못하고 빨리빨리를 사랑하면서 살던 그 시절입니다. 저속 성장 아니면 현상유지도 어려운 저속 혹은 마이너스 성장을 하면서 우리 사회는 큰 고통을 겪고 있습니다. 최첨단 기술만이 살아남는 이시대에서 잠만 자고 나면 신제품의 벼락을 맞으면서 살아가는 이 시대가 어쩌면 행복인지도 모릅니다.

가진자는 행복이고, 못 가진자는 불행이고, 가진자는 왜인지 점점 더 많이 가지게 되고, 못 가진자는 점점 가지지 못하게 되는 사회의 구조 속에서 행복, 기쁨 보다는 슬픔, 아픔을 가지고 살아가는 분들이 점점 많아져 가고 있는 이 시대의 틀이 언제 어떻게 바뀌어 갈지 알수 없는 수수께끼입니다.

하루 세끼 먹는 것은 똑같은데, 누구는 밥을 못 먹고, 누구는 남아서 버리고 이게 도대체 어떻게 돌아가는 세상입니까. 주위를 잘 살펴 보십시오. 아프게 힘들게 살아가시는 분들이 더 많은 슬픔입니다. 착하게 성실하게 살면 하늘이 돕는다고 했습니다. 평생을 직장생활 해서도 죽을 때 집한채 없어서 생을 마감하는 수많은 사람들의 애환을 슬픔을 아시는지요.

그런 소리를 합니다.

모든 것을 다 내려놓고 살라고 합니다. 무엇을 내려놓고 살라는 말입니까? 내려놓을 수 있는 위치에 있는 분들은 더 많이 쌓고만 있는데, 전직 나라님이 가막소에 들어갔다 오는 나라. 전직 총리가 가막소에 들어 앉은 나라. 이건 아닙니다. 이건 전직 나라님, 총리님의 잘못이 아닙니다. 국민이 잘못입니다.

깨어 있는 국민이 너무나 많지 않은 우리의 슬픔입니다.

잘 살 수 있는 방법이 있습니다.

재야에 묻혀서 살고 있는 진짜 장관이 될 수 있는 사람들, 진짜 국회의원이 해야 되는 사람들을 찾아 내십시오. 그분들은 왜 정치를 안 하려고 하는지, 장관을 고수하고 피하는지 원인을 규명하고 해결책을 찾으십시오.

오늘은 잘 살 수 있는 방법, 좋은 나라가 될 수 있는 방법이 무엇인가를 쪼금 고민 해보는 그런 마음에서 부끄럽게 몇자 적었습니다. 너무 쓸데 없는 말을 한 것 같네요.

감사합니다.

35
아내의 마음을 읽어봅니다

어제 아침보다 쪼금 늦게 아침 햇살이 창문을 두드립니다. 언제나 기쁘게 맞이 하는 기분 좋은 아침을 열어 주는 햇살은 오늘도 마음을 따뜻하게 행복 속으로 데리고 다닐 모양입니다.

모두가 잠든 세상 어둠을 밀어 내고 찾아오는 아침 햇살을 모든이의 마음을 기쁘게 해 주는 거 아시는지 모르겠네요.

출근이 없는 날은 아내보다 좀 일찍 일어나서 따뜻한 밥을 해서 같이 김치 한조각, 된장찌개를 놓고 아침을 같이, 말은 없어도 행복이 춤추는 밥상을 느낌으로 알 수 있지 않나요. 아내의 눈빛, 마음을 말로는 안 하지만 무척 많이 행복해 하는 모습을 전 참 많이 보면서 느끼면서 살고 있습니다.

반찬을 만든다고 있는 수선, 없는 수선 떨어 가면서도 일거리 만 잔뜩 늘어 놓고, 마지막 간을 보고 입맛을 돋우는 일은 늘 아내가 하면서도 조금도 내색을 하지는 않지만 제 느낌은 행복해 하는 아내의 마음을 읽고 있습니다.

아무렇게나 예쁘게 몸 치장을 하지 않고 자도 언제나 예쁘고 아름답게만 보이는 아내입니다. 이제는 저보다 하얀 머리가 더 많이 올라오는 아내는 더 그렇습니다. 아내의 하얀 머리가 내 하얀 머리보다 더 예쁘게 보이는 것은 왜 인지 모르겠습니다. 그것은 중년을 걸어 가고 있는 많은 사람들이 느끼면서 내 반쪽에 대한 소중함, 감사함이 아닌가 합니다.

말로는 표현을, 말을 잘 못해도 은연중에 나타나는 사랑의 마음은 누구나 알 수 있지 않나요. 그래도 멋쩍지만 "사랑한다고" 말해 보세요. 싱긋 웃으면서 디게 많이 좋아 합니다. 그게 사랑이 아니고, 행복이 아니고 무엇인가요.

사랑은 좋은 겁니다.

기쁩니다. 즐겁습니다. 그냥 좋아요. 늘 항상 웃음을 줍니다. 마음을 따뜻하게 해줍니다. 세상이 아름답게만 보입니다. 긍정의 마음을 갖게 합니다. 그런걸 느끼지 못하시나요. 사랑병을 앓으면 하나도 아프지 않아요. 슬픔도, 아픔도, 괴로움도, 고통도 다 이겨낼 수 있는게 사랑입니다. 벗님들 남은 여생은 결코 길지는 않아요. 많이 사랑하면서 중년의 길을 걷는 우리가 되어 보지 않으시렵니까?

아침에 식사를 했는지, 사랑을 입에 넣었는지 행복을 입에 넣었는지 모르게 기쁘고, 즐겁고, 멋있게 아침을 마쳤습니다.

이제 또 그것이군, 밥이 나와요. 술이 나와요. 또 한바탕 못마땅해 하는 아내의 말을 귀로 흘리고 열심히 아름다운 우리말, 예쁜 우리말, 사랑이 넘치고, 숨어 있는 예쁜 우리말을 찾아서 떠납니다. 숨어 있는 짧은 글귀들을 읽으면서, 감상하면서 프로뺨치게 잘 쓰신 많은 글들을 내 마음을 많이 행복하게 해 주고 따뜻함으로 포근히 감싸 줍니다.

36

전 아직 어린가 보아요

상대방의 마음을 아프게 하고, 듣기 나쁘고, 기분 나쁘게 들리는 그런 말들은 하지 말고, 예쁘고 고운 많은 우리말을 찾아서 매일매일 떠나는 여행을 했으면 좋겠습니다. 멋진 여행이 되지 않겠습니까.

전 아직 많이 어린가보아요.

우리 작은 아이가 다니는 학교에 애들이 쓴 시집을 읽으면서 느끼는게 많거든요. 내가 중학교, 고등학교 다닐 때 느끼지 못했던 감정, 느낌을 많이 봅니다.

폰에서 읽고 감상하는 그런 느낌과는 또 다른 느낌을 감동을 많이 주거든요. 그런 바로 내 마음속에 행복이란 사랑이란 그 두 분을 자꾸 모셔다 놓는게 아닌가 합니다. 아무리 많이 모셔다 놓아도 항상 방은 텅 비어 있으니 어쩌면 좋지요. 벗님들 많이 사랑하는 마음을 가지는게 어떤가요. 많이 행복해 지거든요.

젊은시절 야외에 나가서 저녁이면 장작을 피워놓고 솔가지를 꺽어 넣으면 그렇게 신나게 뜨겁게 불타 오르곤 했어요. 아무리 뜨거워도 뜨거운줄 모르고 놀던 때가 있었지요. 이밤이 새도록, 정말 좋았었는데, 중년의 길을 걷고 있는 지금은 그렇게 뜨겁게 달아 오르는 사랑은 식지 않고 오래 가는 사랑은 할 수 없어도, 한겨울에 시골에서 구들장에 불을 때면, 디게 많이 오래 때야 되잖아요. 그 온돌이 서서히 뜨거워 지면 식는것도 오래 가거든요. 갑자기 뜨겁지 않고, 오래 천천히 뜨거워지고, 천천히 식는 그런 사랑을 해야 되는게 아닌가 해요. 아주 천천히 그리고 은은한 달빛처럼 고요한 사랑을 말입니다. 〈오늘도 감사합니다〉

37
왜 그런지는 몰라도

도로변에는 꽃들이 예쁘게 심어져 있고, 가로수에는 살구보다는 좀 작지만 노란 은행들이 탐스럽게 익어 가는 곳, 비가 오거나 바람이 좀 불면 우수수 떨어지는 은행이 도로 바닥을 지저분하게는 하지만 누구 한 사람 싫은 내색을 하지 않고, 가을에 정취에 빠져 조금 더 있으면 노란 은행잎이 떨어져 바스락대는 거리를 걷고 싶은 시민들이, 한결같은 마음이 깃들어 있는 곳.

올때마다 느끼는 감정이 기쁨이 달라지지만 오늘은 왠지 또 다른 느낌, 기분을 내 마음속에 쌓아 두지 않을까 하는 마음입니다. 먼저번에 와서 우수수 떨어졌던 도토리는 이제 전부 떨어졌나 봅니다.

전형적인 시골이면서도 작은 예쁜 소도시인 이곳은 크게 돈 벌수 있는 곳은 없어도 속은 꽉 찬 사람들. 약간 부자들만이 사는 소비도시라서 인지는 몰라도 유행도 대도시 못지 않게 빠르고, 사람들의 의식구조가 그런지 몰라도 음식값이 싸면 장사가 안 되는 곳이기도 합니다.

싸고 맛있으면 장사가 잘 되어야 함에도 불구하고, 비싸고 맛은 없어도 분위기가 좋은 곳을 선호하는 많은 사람들의 취향에 맞춰서 옛날의 문화가 많이 바뀌어 가고 있는 이곳이기도 합니다. 나쁜말로 말하면 쥐뿔도 없는데 허파에 바람이 든 사람이 생각보다 많이 사는 곳 같은 느낌이 드는 곳이기도 한 것 같습니다.

강가를 등지고 있는 이곳 탄금대는 많은 외부 사람들이 찾기는 하지만, 탄금대에서 바라보는 강의 전경은 그런대로 볼만한 장관이기도 합니다. 고깃배가 없어서 고기들의 천국인 이곳 강은 가끔가다 허가 지역도 아닌 곳에 낚시를 하는 불청객이 오는 곳이기도 합니다.

아직 단풍의 아름다움을 보여 주기는 싫은지 새파란 나뭇잎이 아담하고 작은 탄금대 동산을 덮고 있습니다. 옛날 이 동산에는 야생 도라지도 많이, 각종 나물도 많이 나던 곳이기도 합니다.

개발이라는 명목으로 그 작은 탄금대 동산이 많이 작아진 느낌입니다.

시에서 관리는 하고 있지만, 그래도 깨어난 이 곳 시민들은 이곳 탄금대를 정말 아끼고 사랑하는가 봅니다. 보면 볼수록 괜찮은 작은 시민들의 쉼터로 역사의 혼이 담겨 있는 이곳은 올때마다 저는 행복 만땅, 기분 만땅, 즐거움을 안고 갑니다.

신립 장군의 묘소에 고개 숙이고, 충혼탑에 고개를 숙이면서 순국 선열에 대한 감사를 드립니다.

먼저번에 보지 못했던 다람쥐의 재롱은 보았지만, 꿩의 예쁜 모습은 보지 못해서 유감입니다. 예쁘고 앙증 맞고 작은 다람쥐가 점점 없어지고 그 못된 청솔모가 점점 영역을 넓혀 가고 있는 이곳 탄금대입니다.

정상에 오르면 솔향기에 흠뻑 빠져서 내려오고 싶지 않은 곳이기도 합니다. 그렇게 오래된 나무는 아니지만 그 안에 묻혀 있으면 왠지 내 마음이 가슴이 뻥 뚫리는 것 같은 느낌이 드는 곳이기도 합니다.

내려다 보이는 곳에 무술공원은 일년에 몇 번 행사를 위해 지어 놓기는 했지만 너무나 쓸쓸한 곳이기도 합니다. 가끔가다 구장에서는 실업팀이 게임을 하기도 하지만 이곳도 쓸쓸함 그 자체입니다. 유지비는 어떻게 충당하는지 궁금하기도 합니다.

관리하는 아주머니 옛날에는 아가씨였는데, 그 아가씨가 시집을 가서도 계속 관리를 합니다. 한잔에 커피를 얻어 먹으면서 가끔 가다 그런 이야기를 합니다. 아주 옛날 제가 이곳에서 초등학교를 잠깐 다닐때가 있었습니다. 꼬부랑 논뚝길 좁은 소로길을 따라 이곳에 소풍 왔던 곳이기도 합니다. 지금도 많은 학생들이 소풍와서, 혹은 사생대회, 백일장을 치르는 곳이기도 한 이곳 탄금대입니다.

양궁장 옆에 작은 동산에 심어져 있는 밤나무는 오시는 관광객, 시민들이 숲을 헤치며 숨어 있는 밤알을 찾으면서 꼬맹이들과 노는 곳이기도 합니다.

옛날에는 스님이 직접 염불을 하던 곳이기도 했는데, 이제는 그것도 볼수가 없습니다. 녹음된 그 말만 나오는, 가끔가다 나는 곳입니다. 그렇지 않으면 그냥 조용한 절이기도 한 이곳 많은 사람들이 정성으로 무엇인가 빌던 곳인데 ,지금은 그런 광경을 볼수가 없는 삭막한 절이 되었네요. 관리 잘못인가, 주지 스님의 부덕 때문인가 찾는이가 없어요.

이제는 발길을 돌려 내려 가야 겠어요.

날이 저물어 가기 시작 합니다. 〈고맙습니다. 감사합니다〉

38

세상살이 결코 즐거움만 있지 않네요

세상을 살다보면 나도 모르게 일어나는 뜻밖에 일이 많아요. 사회생활을 하면서 겪는 일 중 하나가 내가 모시고 있는 상사가 권위주의에 모자를 쓰고 있는 사람이 많았던 옛날의 우리 윗대의 분들은 많이도 바보처럼 곰처럼 순종하면서 사회생활을 했어요.

그때의 그 탈을 지금도 쓰고 있는 이 시대를 살아가는 사람들이 뜻밖에도 너무 많아요. 그 모자를 쓰고 사는 사람 중에는 배움이 제법 길고 학식이 뛰어난 사람도 많아요.

지금은 별로지만 자기의 상사가 디게 배우지 못한 자라도 많은 배운자들도 그 밑에 들어가 고분고분 일을 잘 합니다. 배움은 짧지만, 자신보다 배움이 긴 자들을 부려 먹을 수 있는 능력, 노하우, 결국은 돈의 힘이 그렇게 만들고 있지 않나 합니다.

권위주의 자들은 자신이 잘못인걸 알면서도 절대 그것을 인정하지 않고 상대에게 관철시키려 하지요. 모두가 그것이 잘못인줄 아는데, 체면 때문에, 직책 때문에 내가 누구인데 하는 간판 때문에 그런 경우가 많아요. 옛날에는 디게 심했지만 요즈음도 변한 것은 없어요.

한 사람이 있습니다.

말 붙이기가 싫고, 그냥 보기만 해도 짜증이 나는 사람, 다가가고 싶은데, 다가가기 싫은 사람, 그래도 어쩔 수 없이 부딪히면서 살아야 되는 사람, 같은 작은 공간에서 매일 많은 스트레스를 받으면서 사시는 그분들 ~ . 그래도 상사지만 하루를 보내면서 많이 보지 않고 지내는 사람이기에 덜 하지요. 제가 그렇습니다. 나이는 많이 먹지는 않았지만 세상 사는게 다 그렇습니다. 완전한 직장 100% 의 기쁨과 행복을 가지고 사회생활 하시는 분들보다 그냥 내 의지와는 별개로 살아가는 분들이 의외로 많다는 사실입니다.

때려 치우고 싶은 마음이 하루에도 몇 번씩 그렇지만 그럴수 없는게 현대를 살아가는 많은 사람들의 고충이고 아픔이고 슬픔이고 불행입니다.

세상을 사는 지혜로운 사람들은 그분 앞에서는 온갖 아부와 찬사로 아부의 첨단을 걷는 사람이 있습니다. 살아가는 한 방법이지요. 그분 앞에서는 일체 반응이 없는 사람이 있어요. 혼자 마음대로 떠들다 지치면 스스로 그만 두지요. 가끔 가다 한 두마디 거들어 주면 끝없는 쓸데 없는 자기 합리화와 잔소리의 연속입니다. 그분 앞에서는 짜증나도 안난척, 기쁘지 않아도 기쁜척, 쉬운말로 좋은게 좋은거라고 그렇게 살아 가는 사람도 있어요. 제 경우가 그렇습니다.

몸담고 있는 곳을 쉽사리 떠나기가 무서운 나이가 중년의 길을 걷고 있는 많은 분들이란 생각이 듭니다. 젊었을 때는 앞 뒤 가리지 않고 박차고 나갈 수 있는 용기가 있었지만 차츰차츰 그런 용기는 꼬리를 감추고 쫓아 내지 않으면 어떻게든 붙어 있고 싶은 마음, 마음에 안들어도 어쩔 수 없는 슬픔입니다.

지금까지 살다 보니까 세상을 밝게 따뜻하게 해주시면서 사시는 분들도 정말 많아요. 그런데 그런 분들은 사회의 정면으로 부상되지가 않아요. 자꾸만 감추고, 숨으려고만 해요. 정말 예쁘고 착한 마음이 아닌가요.

극소수의 사람들이지만 겉으로 과시, 드러내놓고, 보이기 위한 이력서에 한줄 올리기 위한 일을 하는 사람들이 너무 많음에 또다른 큰 슬픔입니다. 그것이 자신의 부끄러움을 한 장 한 장 쌓아 간다는 사실을 망각한채 사는 분들도 엄청 많음이 또다른 큰 슬픔이고 아픔입니다.

중년의 길을 걷기도 힘들고 행실도 어렵고, 남의 눈도 봐야되고 내 삶보다는 남의 삶에 내 삶을 맡기고 저당 잡히고 사는 그런 느낌이 많이 듭니다. 저만의 착각 인지도 몰라요.

한가위는 진행중이지만 세상사는 그렇게 즐겁지는 않네요.

아직도 세상 삶의 진정한 그 맛을 모름이 아닌가 합니다. 감사합니다. 오늘도 고맙습니다.

39
그래도 참 좋았는데

떠나간 님을 잊지 못해 님과 같이한 그 카페에 오늘도 외롭게 혼자 앉았습니다. 맞은편에 앉아서 행복에 겨운 듯 마주보는 눈빛이 타오르는 그 불꽃이 엊그제의 내 모습을 연상케 합니다. 지금도 알 수 없는 수수께끼, 님은 왜 말없이 내 곁을 떠났는지 알 수 없음이 더 큰 슬픔이고 아픔입니다.

청량리 역에서 강촌가는 열차에 몸을 싣고 열차 바닥에 배낭을 깔고 앉아 님과 같이 노닥거리면서 열차에서부터 시작된 사랑의 드라마는 정말 행복하고 한없이 좋기만 했는데, 한없이 끝없이 갔다가 쉬고 가는 역마다 만나는 사람, 떠나는 사람, 사람 사는 냄새가 그렇게도 좋았던 그 옛날이 새록새록 떠오릅니다.

많은 사람 틈을 헤치고 다니면서 작은 리어카를 끌고 다니면서 장사하던 그 아저씨 옛날이나 지금이나 찐계란은 왜 그렇게 맛이 있었는지 몰라요.

달리는 열차 출입구에서 밖을 보고 있노라면 기다리고 기다리던 화장실에 아저씨는 왜 그렇게 안 나오는지 볼일은 봐야 되고 정말 급했는데 참느냐 애도 많이 먹었었는데~~

멀리서 차표 검사 차량이 오면 화장실로 들어가 지나가기만을 기다리던 그때의 내 모습, 돈이 없어서 몰래 훔쳐 타던 그리고 목적지까지 들키지 않고 가던 스릴, 추억인가 나에 잘못된 생각일까?

강촌역에 하차하면서 흙먼지 무릎쓰고 놀러 온 것인지 사람 구경 하는 것인지 알 수 없음에 아무리 찾아봐도 쉴 곳이 없는데 이리 기웃 저리 기웃, 한없이 끝없이 걷기만 하던 그때가 많이 생각나고 그립습니다.

(물가에 앉아 무엇인가를 생각했는지 알수 없지만 먹다 남은 라면 부스러기를 입에 털어 넣고 배고픔을 참고 있을 때 내 어깨를 툭치며 아는척하던 그 친구. 난 기억이 안나는데 그 친구는 날 기억하고 아는척.)

님과 같이 했던 시간들이 머리를 스치며 지나가는 순간입니다.

아버지는 목사님이고 님은 외동딸. 왜 님은 날 좋아했는지 알 수 없지만, 삶의 일부분 님의 지나가는 길에 작은 흔적에 지나지 않았던 내가 아닌가 합니다. 또다른 나에 생각은 난 시골에 촌부에 아들로 공부 못하고 촌스러움 때문에 호기심에 한번 터치해 본, 당해 본 느낌인지도 모르겠군요.

그래도 그때는 참 좋았었는데, 잊을래야 잊을 수 없는 님과의 짧은 만남이었지만 지금까지 살아오면서도 가끔가다 불현 듯 생각나는 님입니다. 그래도 학창시절에는 멋있고 잘 나가던 친구들의 연애편지는 꼭 대필해 주던 그런 나이었는데 지금은 참 많이 변한 자신을 뒤돌아 보게 합니다.

40년이 흐른 옛날의 일이 갑자기 떠오르는 이유는 뭘까요. 세월만이 알겠지요. 덧없이 살아온 세월이 행복보다는 불행을 감추면서 살아온 뒤안길이 아닌가 합니다.

길거리를 가다가도 예쁜, 마음에 드는 아가씨, 학생을 보면 몇마디 던지면 금방 친해지던 내 옛날의 성격은 다 어디로 갔는지 그래서 애들이 날 좋아 했는지도 모르는데, 지금은 참 그렇군요.

그때는 주머니는 텅 비었어도 마음은 항상 부자였는데, 그 버릇이 지금까지 와서 이렇게 가진 것도 없으면서 있는것처럼 보이면서 살아가고 있는지 모릅니다.

어디론지 떠나고 싶은 속세를 떠나고 싶은 요즈음 입니다. 깊은 산속 암자에 막혀서 책이나 읽고 흘러가는 구름과 이야기나 나누고 스님의 목탁소리와 더불어 조용히 살고 싶은 요즈음에 제 마음입니다. 밤이 새도록 스님과 이야기를 나누면서 그렇게 살고 싶습니다. 새벽이면 암자 마당에 낙엽을 쓸면서 ~~~

인생무상. 삶의 회의. 아! 떠나고 싶다. 〈감사합니다. 고맙습
니다〉

40
마음의 눈물을 흘리며

고교를 졸업하고 짧은 시간 이었지만, 그래도 그때는 기쁨으로 즐겁게 아침이면 밥 먹고, 주인집 여학생과 같이 신촌 로타리에서 버스를 탑니다. 갓 고교를 졸업하고 캠퍼스를 밟고 있는 기쁨은 행복은 날아갈것 같이 즐겁고 행복했었지요.

얼마를 기다리고 있으면 목적지에 가는 버스가 옵니다. 그 학생은 짧은 치마에 책 서너권은 팔에 끼고 못생겼지만 머리를 뒤로 대충 묶고, 뒤에서 보면 그런대로 였지만, 앞에서 보면 저보다 훨씬 못생겼던 주인집 딸입니다.

난 까만 가방에 옛날 직장 샐러리맨들의 포옴으로 몸에 잘 맞지도 않은 양복을 입고 머리를 곱게 빗고 진짜 성인 흉내를 내면서, 아주 어울리지 않고 촌스러운 모습으로 버스를 탑니다.

예쁘게 차려 입은 숙녀 초보생 아가씨 여대생과 길을 걷고 있는 나처럼 아직도 어벙벙한 모습으로 뭐가 뭔지 호기심 많은 모습으로 탄 남학생들은 비좁은 버스에서 눈빛 하나만 교환하면 금방 친해지던 그 시절, 젊음이 즐겁고 좋았던 학교 가던 시절이었습니다.

사람이 너무 많아 내려야 할 정류장을 한 두군데 지나서 내려서 재잘 조잘 대면서 학교를 걸어가던 그 시절 그 학교 앞을 지날때면 자꾸만 왜 안 내리느냐고 하면서 내리기를 종용하던 이야기 하던 그 여학생은 내가 자기네 학교 학생인줄 아는 모양이에요.

서너 정류장 더 가서 내리면 안집에 못생긴 친구는 내 곁에 꼭 붙어서 재잘 조잘 대면서 즐거워 했어요. 난 못생겨서 싫었는데, 자꾸만 날 잘 챙겨주던 그리고 잘 해 주던 생각나는 학생입니다.

또 다른 세계에서 맛보는 즐거움, 행복감에 젖어서 생활하던 그때에 하루하루가 학교를 간다는 즐거움보다는 새내기 애들과의 만남은 그냥 즐겁고 행복하기만 했었던 내 옛날의 삶이었지요.

그럭저럭 얼마를 지나다 날아든 입영 통지서는 참 많이 슬프게 했습니다. 군대 입대하기 3일전까지 그냥저냥 시무룩한 상태로 다니던 나에 모습은 왜 그렇게 처량하고 가고 싶지 않았던 원망스러웠던 군대인지 몰라요.

입대를 하고 정신없이 훈련을 받고 있던 어느날 훈련병은 면회가 되지 않는데, 그 고집불통 못생긴 주인집 학생은 예쁘게 꾸미고 절 면회 왔습니다. 그것도 떡을 한 보따리 해 가지고 한집에 근 3년을 살면서 정이 좀 들긴 들었는가 봅니다. 전 그냥 스쳐지나가는 그런 사람인줄 알았는데,

항상 난 문간방에 세들어 살면서 문지기 노릇을 꽤 많이 했거든요. 주인집 어르신들은 꼭 내 창문을 두드리며 학생 문 좀 열어줘 군소리 없이 문을 열어 주고 인사를 깍듯이 하던 문간방 세들어 살던 보잘것 없는 학생은 어느새 나도 모르게 주인집 여학생의 마음에 들어 앉아 있었는지도 모르겠어요.

그렇게 왜 요즈음은 옛날 생각이 많이 나는지 모르겠어요. 그동안 살아 오면서 전부 잊어 버리고 먹고 사는데 급급해서 뒤도 돌아보고 하는 그런 여유가 없어서인지, 아니면 어중간한 나이에 사회 생활을 하면서 돈은 조금 밖에 못 벌지만 옛날을 뒤돌아 볼 수 있는 시간이 생겨서 일까?

하루하루의 삶이 앞날을 생각하고 설계하는 삶보다는 짧은 생을 지나 왔지만 흘러온 옛날이 많이 그리워 지고 생각나는 그런 삶의 연속인것 같군요.

오늘도 어중간한 잠을 설쳐서 자다 일어나서 펜대를 잡고, 차 한잔의 여유에 묻혀 있을 때 나도 모르게 흘러 나오는 내 마음속을 이렇게 하얀 백지 위에 펼치는 일이 생겼습니다.

창문 밖은 아직 동이 트려면 멀었는데 세상은 모두 내일을 위

하여 잠자고 있는데 지가 뭐가 잘났다고 불을 켜 놓은 온 세상을 소유하고 제것인양 참 웃기는 놈이지요.

옆에서 잠자고 있는 아내를 바라 봅니다. 너무나 고생하면서 살아 준 아내, 착하기만 한 아내는 그냥 대한민국의 제일 훌륭하고 예쁘고 착한 그런 아내 입니다. 한석봉 어머니처럼, 이율곡 어머니처럼 그런 위대한 어머님은 못 되겠지만 그래도 두분의 어머님에 못지 않는 조금도 부족함이 없을 정도로 다섯명의 며느리중에서 제일 착하고 시부모 봉양 잘하고 한 아내입니다.

전 세아이의 그냥 무능한 아빠, 무능한 남편이지만 아내는 좋은 엄마, 좋은 아내의 길을 걸어온 나에 소중한 귀한 보석이면서 보물입니다.

서서히 밝아오는 새날은 잠못 이루던 제 마음을 소리없이 말없이 기쁨의 눈물인가, 알 수 없는 제 마음의 눈물을 흘리게 하는 순간입니다. 이제 조금 자는척하다가 일어나 출근을 해야 겠어요. 〈오늘도 감사합니다. 고맙습니다〉

41
기상변화에서 세상변화를 꿈꾸다

　날마다 달라지는 날씨의 변화에서 오늘도 일어나기 싫은 몸을 억지로 일으키는가 봅니다. 문을 열고 나가면 그렇게 많은 사람들은 볼수는 없지만 아침, 저녁으로는 선선한 가을 향기를 흠뻑 마시면서 산책 혹은 운동하시는 분들을 뵙게 됩니다.

　다행히는 대문을 열면 바로 "대가미" 공원이란, 소도시 속에 작고 예쁜 공원이 있는 저희집은 제일 많이 물어 보는 말, 집값이 얼마냐, 공원앞이라 마음대로 운동하고 산책하고 좋겠다라는 그런 말을 많이 하시고 듣게 됩니다.

　정면에는 법원 검찰청이 있습니다. 좀 옛날에는 집앞으로 포승줄에 묶여서 이송되는 분들을 많이 보기도 한 곳입니다. 오른

쪽에는 건국대 병원이 충주 유일의 종합대학병원이 있는 곳, 제일 많은 환자는 교통사고 환자로 늘 만원이기도 합니다. 환자가 많이 발생하는 것은 슬픔이지만, 병원은 기쁨이겠지요. 그래도 다른 환자는 몰라도 교통사고 환자는 안 생겼으면 좋겠다는 제 생각입니다.

병원 옆에는 농협이 있어서 많은 농민들이 이용하고 있습니다. 이곳은 도농 복합도시로 농업에 종사하시는 분들도 디게 많은데 착하게 순박하게 사시는 나이드신 어르신들이 많이 사시는 곳이기도 합니다.

충주 우체국이 옆에 있어서 많은 주민들 시민들이 일반 택배 보다는 우체국 택배가 많이 발송 되는 곳이기도 합니다.

왼쪽으로는 사통팔달 어디든지 갈 수 있는 시외버스, 고속버스 터미널이 있어서 교통도 좋은곳이지요. 서울도 1시간 20분정도 가면 도착해서 참 살기좋은 그래도 괜찮은 곳이기도 하지요.

그 옛날 한강을 통해 온갖 특산품, 특산물을 실어 나르던 한강이 예나 지금이나 유유히 말없이 흐르는 곳. 옛날에는 왜 이곳을 서로 자신들의 영토로 삼으려고 그랬는지, 그래서인지 이곳은 다른 지역보다 선조들의 피가 많이 흘린곳 어쩌면 기쁨보다 슬픔이 많이 깃든곳이기도 합니다.

충주에 "충주"자를 분류해서 보면 중심이 되어서인지는 몰라도 그만큼 국토의 가운데라 그랬는가 봅니다.

생산 능력 그리고 사회의 중심을 이끌어 갈 젊은 인력보다는 생산의 현장에서 근로의 현장에서 연세로 인하여 소외되어 사시는 분들이 다른 어느 지역보다 많이 사시는 도시로 너무 걱정입니다.

꺼져가는 다 타버린 양초같은 그런 삶을 이어가는 분들이 많은 곳에서 활활 타오르는 장작불처럼 사회의 모든 영역에서 생산을 하고 건설현장에서 열심히 땀 흘리시는 그런 분들이 많은 그런 도시로 사회로 탈바꿈 되어야 하는데, 우리나라 전반에 걸쳐 많은 슬픔이 이어지고 있어서 큰 걱정이기도 합니다.

이 사회가 많이 이상해졌습니다. 젊은이들이 결혼을 기피하고 결혼을 하지 못하고 아이를 낳는 것을 기피하는 이상한 사회로 차츰차츰 바뀌어 가고 있는 슬픔, 아이를 낳아도 결혼을 해도 늦게 결혼하고 늦게 아이를 낳아서 그것도 이 사회가 안고 있는 큰 아픔이고 슬픔이기도 합니다.

이곳 충주는 지금은 좀 많이 좋아졌지만 돈을 벌 수 있는 곳은 별로 없고, 돈을 쓸 수 있는 곳이 많은 소비도시도 돈이 없으면, 외부에서 살려고 왔다가 떠나는 그런 도시이기도 했었습니다.

오늘도 저는 앞뒤가 안맞는 엉뚱한 쓸데 없는 소리를 좀 했지요. 모두들 건강하게 오래오래 사세요. 감사합니다. 고맙습니다. 행복하세요.

42

사랑은 진행형입니다

저물어 가는 가을입니다.

매미가 가기 싫어서 더욱더 처량하게 울고 있습니다. 메뚜기가 날개 말리는 시간이 적어 졌다고 울상입니다. 감나무에 외롭게 달려 있는 홍시감이 새가 안 온다고 쭈글쭈글 해져 가고 있습니다.

한가위에 대접 잘 받던 조상님의 묘소에서 쓸쓸함, 적막감, 신년설을 무척 기다리시는가 봅니다.

내 마음 별과 같이 잡을 수 없는 먼 곳에서 반짝입니다. 떠난 님, 가신 님, 다시 못 오시는 님을 그리며 이 고독의 계절, 가을밤을 혼자서 넋 놓고 울적이고 있습니다. 잡은 찻잔에 커피가 싸늘하게 식었는데 하나도 차가운 줄 모르고 홀짝 한 모금 마십니다.

창문 넘어 달 그림자는 가신 벗님을 모시고 왔나 봅니다. 가시기 전에 늘 절 부를때 불던 휘파람 소리가 어렴풋이 들려 옵니다. 바람소리의 환상인가, 내 마음의 덮혀져 있는 사랑의 마음이 열리는가 모를 일 입니다.

오시지 않는 가신님이 내 마음속에 오셨는것 같습니다. 언제나 나만 사랑한다고 하던 그 말이 내 귀에 생생히 들려 오는 것 같은 착각에 빠져 봅니다.

행복해 지시려면 사랑을 하십시오. 꼭 이성간에만 사랑이 성립 되는 것은 아닙니다. 내 마음을 편안하고 포근하게 감싸 주는 사랑은 찾기는 힘들어도 무척 많습니다.

길을 걷다가 우연히 찾아 보는 네잎 크로바에서도 사랑의 마음은 싹 틉니다. 춤추는 코스모스의 아름다움에 매료되어서도 내 마음이 뜨겁게 빨갛게 사랑의 마음이 생깁니다. 옛날 초등학교 교정 정문에서 예쁘게 웃고 있는 고개 숙인 해바라기 한테서도 친근감을 느끼고 깊은 사랑을 좋아하는 감정을 느낍니다.

풀 속에 숨어있는 예쁜 밤알이 멧돼지한테 안 들킬려고, 움츠리고 있는 모습에서도 애절함. 살고 싶은 간절함, 내년에는 내 몸에서도 싹이 하늘을 내밀면서 살고 싶어하는 그 마음을 봅니다.

오랫동안 잊고 있던 친구가 갑자기 뒤에서 어깨를 툭 치며 웃어 주는 그런 꿈도 꿉니다. 어릴때 시골 마당에서 어미닭이 병아리를 데리고 다니면서 물가에서 물을 먹던 예쁜 병아리가 고개를 들어 하늘로 쳐드는 예쁜 모습도 생각나는 가을입니다.

온갖 예쁜 모양으로 옷을 입은 고추 잠자리가 울타리에 앉아서 꼬리를 올렸다 내렸다 하면서 눈을 껌벅껌벅 하면서 잠자는 예쁜 모습도 떠 오릅니다.

이성, 남성은 여성, 여성은 남성만 보고 사랑을 기쁨을 행복을 찾지 마십시오.

대자연은 우리에게 기쁨을 행복을, 사랑의 마음을 많이 줍니다. 대자연에서 얻은 행복감, 사랑하는 마음이 커지면 커질수록 마음에, 한구석에서 사랑의 마음, 행복감이 자꾸 자꾸 쌓이면, 이성과의 아름답고 예쁜 사랑의 마음이 이어져서 맺어지고, 결실을 보게 되는 기쁨을 얻게 됩니다.

나이에 무관합니다. 누구나 가능합니다.

행복함이 마음속에서 늘 같이 합니다. 사랑하는 예쁜 감정이 늘 쫓아 다닙니다. 슬프게, 아프게, 힘들게 살아갈 수 있는 시간이 어디로 도망가고 다가오지 않습니다.

사랑은 진짜 좋은 것인데, 그렇지만 이 가을에 묻혀서 무드있고, 낭만을 찾고, 고독감에 휩싸여서 헤매고 있을때 사랑의 마음은 많이 자라고 그 대상이 나타납니다.

혼자이신 모든 분들 힘 내십시오.

늘 가까운 곳에서 내 사랑을 찾을 수 있습니다. 어디선가 지금도 달려오고 있는 현재 진행형이 되고 있습니다. 사랑은 정말 좋은 것입니다. 감사합니다. 행복하세요.

43
봄, 여름, 가을

봄여름가을까지는 우리 집앞에 공원에 초등학교 가기전에 아이들이 많이 놀아요. 집 옆에 어린이집 아이들이 야외학습장으로 20대의 젊은 예쁜 선생님들과 재미있게 즐겁게 노는 모습을 많이 봅니다.

출근 시간이 항상 불규칙한 저는 이 젊은 선생님들과 아이들이 노는 모습을 보고 많이 즐겁고 행복한 마음을 가집니다. 하나도 조금도 때 묻지 않은 동심의 세계에서 예쁘고 착하고 고운 마음만 배우고 있는 아이들이 한없이 부럽습니다.

살면서 우리 아이들이 유치원을 다닐때는 한번도 재롱이잔치에 가보지 못한 한없이 부끄러운 아빠였습니다. 쉬는 날이면 특근을 나가거나, 한없이 잠만 자던 가장으로서 남편으로서 아빠

로서 빵점이었습니다.

이제는 우리 아이들한테 손자, 손녀를 보고 싶습니다. 그런데 아이들은 결혼을 안 합니다. 30이 넘었는데 아직 아니라고, 아니면 별로 관심이 없는 것인지 무능한 아빠의 관심이 적어서 인지 모르겠습니다.

살아 오면서는 잘 몰랐습니다.

아이들이 노는 모습을, 재롱을 피는 모습을 보면 즐겁고 행복한 마음이 차곡차곡 나도 모르게 쌓이는 것을 말입니다.

어른들 기성세대의 이야기는 별로 재미가 없지요. 아이들 책을 보거나 아이들과 이야기를 하면 나도 모르게 즐겁고 기쁘고 행복합니다. 그래서인지 제 나이는 할아버지가 되어야 하는 나이인데도 그냥 유치원에 다니는 그런 아이들의 마음입니다.

나이가 들면 왜 아이들을 좋아 하는지 너무나 잘 압니다. 어른들끼리는 별로 웃을 일이 없습니다. 그냥 서먹서먹하고 좀 그렇지요. 그러나 아이들이 있으면 무척 많이 웃고, 즐겁고 행복바이러스가 자꾸만 마음속에서 솟아 납니다.

그런 말이 있습니다. - 아이는 어른의 스승이다 - 처음 먹고 살기 바쁜때는 이해가 안 갔습니다. 이제는 이해가 갑니다. 어른이 알지 못하고 그냥 지나칠 수 있는 일들도 아이들의 행동에서 말에서 자신도 모르게 배울때가 많습니다. 어른은 거짓말을 잘 합니다. 아이들은 거짓말을 절대 안 합니다.

지금은 그런일이 별로 없겠지만, 옛날에는 며느리가 시아버지 앞에서 방귀를 뀌고는 아이들한테 뒤집어 씌우려 했습니다. 거짓말을 할 줄 모르는 아이는 – 내가 언제, 엄마가 뀌었잖아 – 마음씨 착하신 시아버지는 모른체 하시면서 살짝 웃으시고 맙니다.

무거운 밥상을 낑낑거리고 들고 오다 시아버지 앞에서 내려 놓으려 할때 자신도 모르게 나오는 방귀는 뀌는 며느리를 귀여워하고 사랑해 주시던 그 시아버지는 어디 가셨나요. 얼굴이 빨갛게 상기된 예쁜 며느리를 지금은 볼 수 없는 시대인것 같습니다.

힘들고 괴롭고 짜증날 때 손자, 손녀가 앞에 와서 이쁜짓 한번 해주면 하루종일의 피로가 싹 가시는 그런 느낌, 감정을 느끼면서 사시는 분들이 점점 줄어들고 있다는 사실이 너무 슬픕니다.

마음이 울적해 지고 심란하면 아이들이 즐겨 읽는 동화책을 읽어요. 그렇게 재미있고, 즐겁고, 기쁠 수가 없어요. 그 동화의 주인공이 되어서 나도 모르게 즐겁고 기쁘고 행복하거든요.

점점 제 아이큐지수가 아이들 수준으로 내려 가고 있는데 하나도 슬프지 않아요. 오히려 더 기쁘고 즐겁고 행복합니다.

나이가 많던 적던 상대방한테 반말을 하면 전 많이 불편합니다. 처음 뵙는 분들이 그래서 저를 많이 이상하다고 합니다. 좀 같이 지나면 이해를 해주십니다.

중년의 길을 걷고 계시는 많은 벗님들

어른인 척, 나이든 척, 하는 그런 권위주의 버리고 그냥 때와 장소에 따라서 같이 동화되는 삶이 어떤지요.

젊은애들 틈에 가면 그 젊은애들의 마음으로 자신을 바꾸세요. 제일 쉬운게 아이들의 마음인것 같군요.

그냥 좋고, 기쁘고 즐겁게 행복하기만 한 아이들의 마음으로 살아 보시는 것도 좋지 않을까요.

유치원에서 여자 친구 손잡고 선생님 궁둥이 쫓아 다니며 놀고 있는 아이들을 보면서 내 현재를 과거로 저 아이의 나이로 돌아가고 싶습니다.

꼬맹이가 되어서 매일매일 즐겁고 기쁘고 행복하게 살았으면 좋겠다는 마음을 가지면서 오늘도 펜을 내려놓을까 합니다. 〈대단히 감사합니다〉〈매일매일 행복하세요. 벗님들〉

44
오늘은 망상으로 시간을 보냅니다

오늘은 무엇을 쓸까 생각해 봅니다. 잠시 생각에 잠겨 봅니다. 점점 겨울로 진입하고 있는 요즈음 하루가 멀다 않고 날씨가 급격히 ~

학창시절 저는 서울서 보냈습니다. 군에 가기 전까지 방학때면 시골에 부모님께 내려와 거의 방학이 끝날 무렵에 서울로 올라 가는 그런 생활을 했습니다.

버스를 타고 시골에 올때면 아침먹고 마장동에서 버스를 타면 점심때가 좀 지나서 한 3시경이 되면 집에 도착합니다.

서울에서 출발하면 내려 오면서 정류장마다 정차를 합니다. 무척 복잡하고 사람이 많아 앉아서 오기란 하늘에 별다기 였습니다. 장날이면 유난히 사람이 많아서 버스는 사람보다 짐이 더 많기도 했습니다. 체구가 작고 어린 예쁜 안내양은 사람들을 다 태우고 맨 나중에 타면서 돌아서서 히프로(엉덩이로) 사람을 안으로 밀어 넣습니다. 짐짝 다루듯이 해도 누구하나 화를 내거나 기분 나뻐 하던 그런 시절이 아니었습니다.

만원 버스안은 그냥 바로 사람냄새가 풍기는 곳. 그때는 버스가 부족했는지 아니면 사람이 많았는지 버스마다 사람이 많아서 아마도 인구는 많고 교통수단에서 버스가 적어서 배차시간이 너무 길게 잡아서가 아닌가 합니다.

서울에서 지방으로 내려오고 올라가는 버스만 그런것은 아니었습니다. 지방에서 다니는 버스도 역시 승객이 만원이었습니다.

지금은 별로 였지만 학생들이 무거운 책가방, 신발 주머니, 체육복 가방, 교련복 가방 거기다가 도시락까지 어떻게 그렇게 많이 가지고 다녔는지 모르겠습니다. 저만 아니고 벗님들도 그렇게 학교 다니셨지요.

반나절을 버스에 시달려서 집에 도착하면 그렇게 좋을수가 없었습니다. 여름이면 애들하고 놀기가 바빴습니다. 서울에서 공부하다 내려온 저는 애들은 많이 부러워 하면서 내가 공부 엄청 잘하는 줄 알고 있는데 저는 늘 공부를 못했습니다.

겉 멋은 들어서 시골에서 아이들한테 공부 잘 하는척 했는지도 모릅니다.

서울에서 매일 밥 해먹고 학교가서 집에오면 빨래하고, 밥하고, 겨울이면 연탄불이 꺼질까봐 신경쓰고, 학교 갔다 오면 불구멍을 잘못 조절해서 꺼져 있기가 일수고 그불을 살리려면 주인집에 가서 겨우 얻어 놓고, 피워 놓으면, 방이 따뜻해지려면 너무 오래 걸려 바들바들 그렇게 겨울 나기가 일수였습니다. 그래도 그때가 좋았습니다. 내 딴에는 근본은 촌놈이지만 서울놈이기에 그랬는지 모릅니다.

여름이면 냇가에서 미역을 감고 물고기도 잡으면서 올갱이도 주우면서 그런대로 즐겁게, 재미있게 지내다가 방학이 끝날 무렵에는 밀린 방학 숙제 한꺼번에 하느라고 애를 먹기도 했습니다. 일기 쓰는 숙제도 한꺼번에 날씨도 제멋대로 표시해 놓고 거짓으로 ~~~.

방학이 끝나면 가기 싫은 서울을 또 갑니다. 하루, 이틀 생활하다 보면 시골의 일은 까맣게 잊고 그냥 저냥 살고는 했습니다.

신촌로타리에서 홍대 들어가는 곳 제일 허름한 기차길옆이 제가 살던 집이었습니다.

그곳에 기차는 언제나 머리만 다니고 그리고 천천히 다녔습니다.

아침에 버스를 타면 늘 제 가방을 들어 주던 친구는 부자집 도령인데 공부도 나보다 잘하고 나보다 착했습니다. 나한테 무척 잘해 주던 친구였는데 지금은 무얼 하는지 많이 궁금합니다.

어쩌다가 운 좋게 앉아서 오게 되면 남학생 가방은 안 받아 주고, 여학생 가방만 받아 주던 저 이기도 했습니다. 가방에서 교복에서 그 얼굴에서 그 냄새가 좋았습니다. 그런데 항상 제가 주눅이 든것은 너무 못생긴 제 얼굴이었습니다.

공부도 좋았고, 사람들과의 만남도 좋았지만 우리 부모님이 서울에 살았으면 좋겠다는 마음과 서울에서 부자로 사셨으면 좋겠다는 그런 마음을 늘 가지고 있었습니다. 이제는 안계시는 부모님이 자주 많이 생각 납니다.

이제야 부모님 마음을 헤아리게 되고 이해를 하게 되었지만, 항상 버스 떠난 뒤에 버스 타려는 마음으로 살던 내 옛날이 많이 부끄럽습니다.

더 펜대를 놀리고 싶지만,

오늘도 괜히 자질구레한 헛소리로 이밤을 보냈군요. 재미 디게 없는 오늘입니다. 〈감사합니다. 그리고 고맙습니다〉

45
삼천 오백명 중의 무지랭이 되다

　3,500명 정도가 밥을 먹고 사는 회사에 저도 취직을 했습니다. 사무직이 아닌 생산직, 사무직에 들어 가기에는 줄, 빽이 없어서 디게 많이 힘이 듭니다.

　저는 그런 생각을 했습니다. 고등학교 정도만 졸업해도 근심 걱정없이 취직해서 밥 먹고 사는데 지장이 없을 거라고요.

　아침에 일어나면 밥 먹으면 낮에는 일하고, 밤에는 집에 와서 잠자는 그런 생활을 누구나 손쉽게 할 수 있을 것인줄 알았습니다. 군대 가기 전까지는 그랬습니다.

　그래서 지금도 그런 생각을 많이 합니다. 정년이 없는 본인이 싫으면 몰라도 취직이 되면 평생 다닐 수 있는 그런 사회가 되었으면 하는 바램입니다.

하여튼 저도 취직이 되어서 생산 현장에 머리털나고 처음 일을 하기 시작했습니다. 열악한 노동조건 그런 곳에서 청춘을, 젊음을 불태우는 많은 분들을 보면서 처음에는 많이 놀랐습니다.

아버님 같은 분들부터 이제 갓 중학교를 졸업한 아이들까지 제가 생각한 직장은 그런 것이 아니었거든요. 많은 아픔, 슬픔을 하루하루 보내면서 지내다 보니, 사내에서 관리직으로 전환되는 시점이 있었습니다.

생산 현장에서 일하는 사람 중에서 생산공정, 생산라인, 생산시설, 품질관리 분임조 같은 그런 분야를 맡아서 서류 작성, 챠트 작성, 관리직은 아니지만 관리직 비슷하게 생산 현장에서 일은 안하지만 각종 통계, 레포트 작성, 보고서 작성, 비교적 단순한 업무를 맡아하는 분야에 사내에서 15명을 뽑는데 제가 이름을 올렸습니다.

기뻤습니다. 그러나 그 기쁨은 그렇게 오래 가지 못했습니다. 보수가 생산직보다 훨씬 적었고 시간외 수당이 없고 사람만 잡는 그런 곳이엇지요. 빽없고 착하고 순진한 저 같은 사람한테는 그저 그런 자리였습니다.

그 자리를 박차고 다시 생산현장으로 돌아왔습니다. 마음도 편하고 육신은 좀 고달픈 생활 ~.

어느덧 저도 일은 하지 않고 관리만 하는 팀장이 되었습니다. 40여명 정도를 데리고 일하는 비교적 다른 사람보다 일찍 팀장이 되면서 바쁘기는 더 바빴습니다. 사무실에서 쳐 박혀서 하는 일이 점점 많아지고 대리, 과장, 부장 애들은 제 생각보다 무식한 놈들 아부에 힘을 입고 올라와 앉아 있는 자리만 지키고 돈타 쳐먹는 놈들 이었습니다.

대가리가 텅빈 사람들, 많이 슬펐습니다. 처음으로 혼란스러운 저 자신이었습니다. 이런줄 알았으면 팀장을 고수하고 그냥 편하게 육신은 힘들어도 마음이 편한 생산현장에 그냥 있을것을 말입니다.

산다는 것. 사회생활이란 이런 것이구나를 느끼면서 사는게 재미 없었습니다. 회의를 한다고 모이면 과장, 부장 그 무식한 애들만 몇마디 떠들고 저같이 팀장 대리 평사원은 한마디 않고 자리가 허전하니까 자리만 채우고 궁둥이만 붙였다나오는 그냥 옳은 것인지, 그른 것인지 자리 빼앗길까 눈치만 살살 보다 아부성 발언 한마디씩 하고 나오는 그런 회의, 자리였습니다. 또 한번 실망을 하는 순간이었습니다.

그런 재미없는 직장생활을 15년 하고 있던 어느날 IMF 부도라는 명함을 내밀었습니다. 사무실에서 회사에서 바른소리 잘하고 맘에 안들던 저는 해고 일순위로 IMF가 저에게 준 값진 선물이었습니다.

많은 아픔과 고통의 늪으로 빠져 들어가고 있는 제가 고생이 시작되는 순간 입니다. 많이 슬펐습니다. 많이 괴로웠습니다. 이제부터는 초야에 묻혀서 생활하는 생활이 시작되었습니다. 그래서 제가 무지랭이란 틀에서 많이 오래 살다가 나온지가 얼마 안

됐습니다. 나온지 얼마 안 된 지금도 역시 저는 "무지랭이"가 좋습니다. 〈무지랭이〉〈오늘도 감사합니다.〉

46
자랑스러운 대한민국을 꿈꾸며

이제 조금 있으면 총선을 치르게 됩니다.

실력없고, 대가리 든 것 없고, 어떻게 간신히 줄을 잘 서고, 누구의 힘을 빌어, 그 뺏지를 달은 양반들 발등에 불이 떨어졌습니다. 이번에는 어디에 줄을 대고 어떻게 처신을 해야 또 4년을 어영부영 해 먹을 수 있을까 보통 머리가 아픈게 아닙니다.

당을 버리고 무소속으로 출마를 하자니 실력은 안되고, 당에 있자니 공천에 밀릴것 같고, 그렇다고 당에서도 탐탁하게 생각도 안해주고, 내가 줄 섰던 그 사람은 도퇴되어 힘이 없는 허수아비가 되었고, 도대체 내 갈길은 어디 입니까?

실력을 쌓으려고, 공부를 하려고 해보니 워낙 그릇이 안되는데 어영부영 어떻게 하다 뺏지는 주웠는데, 4년동안 공부는 안

하고, 눈치만 보고 손만 들어 주는 역할만 했으니, 줏대없고 바보처럼 어디가서 사진 찍기나 하고 생색 내기만 하던 양반들 큰일 났습니다.

대정부질문에서도 형식적인, 의례적인 질문만 하던 양반들 국민이 다 압니다. 자료를 대충, 아는게 없으니 송곳 질문을 할 수가 없습니다. 근거도 불충분하게 준비해서 불쑥 던져놓고 기면 좋고, 안기면 본전이고 하던 무책임하게 놀던 양반들 큰일났습니다.

지역구에서 당선만 되었지, 활동도 안하고, 폼만 잡고 다니던 양반들 큰일 났습니다. 국회의원 할려고 할때마다 줄서기를 어떻게 해야 될지 죽겠습니다. 어느놈이 뛰는 놈이고 어느놈이 나는 놈인지 오리무중 보이지가 않습니다. 갑갑합니다. 한심합니다.

한번 하려고 덤비는 양반들 많습니다. 힘들게 한번 했는데 버리고 싶지 않습니다. 한번해 보니 좋거든요. 그릇은 안 되지만 계속하고 싶습니다. 이번에는 국민을 어떻게 속여서 또 한번 해먹을까 머리가 많이 아픕니다.

한번 한 사람이 잘 한다고 합니다.

예, 한두번은 좋아요. 그 다음부터는 안 좋아요. 흐르는 물은 깨끗하지만 고인물은 썩어요. 무사 안일주의자가 되고, 발전하려는 마음이 없고, 중진이고 하는 포옴만 잡고, 무게만 잡고, 제대로 하는게 없어요. 국회의원 두번 연임만 하면 법으로 못하게 만들어야 합니다. 안되지요. 자기네들이 법을 만드니까요. 허허.

지역에서 부슨 공사하나 하면 개뿔도 한것도 없으면서 그곳에 가서 사진한장 찍고, 자기가 했다고 의정보고서에 커다랗게 올려요. 의례적으로 할당되어 나오는 정부 보조금을 자기가 끌어 왔다고 큰소리쳐요. 웃기는 양반이 너무 많음이 너무 슬퍼요.

투표할 때 절대 당을 보고 투표하지 마십시오. 사람을 보고 투표 하십시오. 그러면 줄서기 양반들은 자연히 도퇴 됩니다. 소신없이 여기저기 햇빛만 찾아 다니는 애들 뽑지 마십시오. 그렇게 중진의원해서 뭐 합니까. 국민의 혈세만 빨아 먹는데, 그런 애들 최고 위원 하면 뭐 합니까? 요령만 느는데,

우리 국민은 아직도 의식이 덜 깨어난 것 같습니다. 60년대 고무신주고 막걸리 주면 표주던 그런 마음이 아직도 잔재해 있는 것 같습니다. 소신있게 똘똘 하다고 생각이 드는 양반들을 뽑으십시오. 당하고 상관없이 말입니다. 여당이든 야당이든 똘똘한 양반들이 얼마나 많은가가 중요합니다. 똘똘하다고만 되는것은 아닙니다. 위, 아래 알아보고 예의를 아는 양반들을 뽑으십시오. 선거철만 반짝 아양을 떠는 애들은 뽑지 마십시오.

다들 정치가 썩었다고 합니다. 그렇지도 않습니다. 그 애들을 뽑아 준것은 국민입니다. 국민도 반은 잘못이 있습니다. 마음에 안든다고 투표 하지 않으시면 안됩니다. 그중에 좀 괜찮다고 생각되는 애들 뽑으십시오.

대통령 출마다 전부가 마음에 안든다고 투표 안하고 기권하

면 대통령이 안 뽑힙니까? 그래도 그 중에 한 양반을 뽑아야 되듯이 국회의원도 그렇습니다.

우리의 의식 수준은 산업화, 근대화의 회오리 바람 속에서 빠른 고도 성장의 옷을 갈아 입고 달려 왔지만, 국민의 의식 수준, 사고방식은 아직도 경제 후진국 수준에서 깨어나지 못하고 있습니다. 경제만 선진국 대열에 서면 뭐 합니까? 국민의 의식수준이 후진국, 중진국이면 아무런 소용 없습니다.

의식이 깨어있는 국민이 많을수록 의원애들도 똑똑하고 예의 바르고 위아래 잘아는 애들이 많이 나옵니다. 정치가 바로 섭니다. 나라가 힘이 생깁니다.

한참 까부는 일본 쪽바리 새끼들을 자유자재로 요리 할 수 있고, 중국 애들이 따라 오는걸 막을 수 있고, 미국 애들을 이길 수 있습니다.

깨어난 국민, 의식있는 국민이 많아 지고 있는 대한민국의 미래는 밝아요. 언젠가는 지구상에서 최강의 국가가 되는 그날이 꼭 오리라는 확신으로 오늘을 살아 갑니다. 자랑스러운 대한민국 만세, 자랑스러운 대한민국 만세.

47
지금도 가끔가다

　지금도 가끔가다 시골 산골 마을을 갈때가 종종 있습니다. 내 마음들의 시골 산골 마을을 말입니다. 옛날 그대로 비알진 밭에서 소를 몰고 밭을 가는 어르신을 내 아버님 같으신 분, 친근감이 가시는 분, 얼굴에는 세월이 말해 주듯이 주름살이 살아 오신 그 분의 역사를 말해 줍니다.

　예쁜 송아지가 엄마를 따라 힘겹게 밭을 가는 앞에서 알짱 거려도 엄마소는 예쁜지 일을 하면서도 틈만 있으면 송아지를 할타주랴 바쁩니다.

　밭을 일구시는 어르신도 힘이 겨운가 봅니다. 국징이를 멈추고 엄마소도 풀밭에 고삐를 매 놓으면 제일 좋아하는 송아지는 엄마 젖에 덤벼듭니다. 젖을 물리고 풀을 뜯고 얼마나 보기 좋은지 모릅니다.

꼬부랑 할머니는 누런 주전자에 막걸리와 작년 가을에 밭가에서 주운 도토리로 묵을 만든 도토리묵을 가지고 나오셨습니다. 세상에 땀 흘리고 약간 출출할때 먹는 별미 치고는 그 어느 것보다 맛있는 막걸리와 도토리 묵입니다. 거기다 빈대떡 두어 소두방이면 얼마나 좋을까요.

두메 산골에 방년 18세에 시집 오신 할머니는, 할아버지는 19세, 옛날에는 그 나이에도 늦었다고 그보다 훨씬 일찍 장가가고 시집가는 일이 많았지요.

먹고 살기가 바빠도 하루밤만 자고 나면 생기는 애들은 대추나무에 대추 달리듯이 주렁주렁 낳아 놉니다.

서너살이 되기까지는 그래도 잘자라지만, 이상한 이름모를 병마가 한바퀴 돌고 나면 하늘나라로 가는 애들이 많던 시절이었습니다.

그 아이들이 자라서 까막눈으로 살던 어르신들이 이장을 통해서 출생신고를 했는데, 남자가 여자로 되어 있는 경우가 있고, 형이 아우가 되어서 동생이 먼저 군대 가는 경우도 있었던 그 옛날의 우리 어르신들의 삶이었습니다.

삼촌이 조카보다 어린 경우도 많았습니다. 어머니는 안방에서 아기를 낳고, 며느리는 건넛방에서 아기를 낳는 일이 많았던 옛날입니다. 삼촌은 싸움을 못해서 얻어 터지면 조카는 삼촌 때린 아이를 두들겨 패 주는 일이 많았던 옛날입니다.

이상하게도 기차길옆에 사는집은 다른집보다 애들이 많았습니다. 그리고 튼튼하게 잘 자라나는데 신기하기도 했고, 그 기차길옆 오막살이가 좋긴 좋은 집터가 아닌가 합니다.

애들이 많은 집일수록 부모는 걱정을 덜합니다. 낳아 놓기만 해도 제 먹을것은 있다고 신경 안써도 형제들끼리 잘 챙겨 주고 우애 있게 잘 자랍니다.

부모들은 제일 장남에게 잘해줍니다. 장남을 잘해 주고 출세하면 동생들은 자동적으로 잘 이끌어 주고 잘 살게 해준다는 그런 마음이 대부분의 부모들 마음이었습니다. 지금 그런 일이 있을수도 없고 있지도 않지만 말입니다.

해가 뉘웃뉘웃 산골이라 빨리 넘어 갑니다. 국징이는 밭에 박아 두고 소만 몰고 집으로 들어 오십니다. 할머니는 뚝배기에 두부 두어모 떨어트리고 며루치 서너마리 넣고 맛있게 장을 끓입니다.

조그만 예쁜 등잔불 아래서 환하게는 안 비추지만 사랑이 행복이 확 풍기는 그런 저녁을 잡수십니다. 옛날 우리 어르신들의 삶이 대부분 이렇게 살아 가시지 않았나 합니다. 저는 도회지에서 부자로 살던 그 높으신 양반들의 삶은 모릅니다.

언제나 내 마음속에 자리잡고 있던, 내가 살던 소박함 그리고 착하게만 살아온 우리 어르신들의 모습이 떠오르는 순간입니다.

나이는 어리지만, 어릴때 이지만 왜 자꾸 그런 옛날이 떠 오르는지 모르겠습니다. 이것도 제가 늙어가고 있다는 증거입니까?

오늘도 별로 재미는 없어도 읽어 볼만은 하지 않으셨나요. 즐거워요. 행복해요. 기뻐요. 이 글을 읽어 주시는 분이 있어서 ～ 〈많이 감사합니다. 고맙습니다〉

48
추운 겨울이 지나가기를

　추운 겨울이 지나 초봄으로 들어가는 날씨처럼 요즈음의 날씨가 겨울로 진입되는 날씨 치고는 제법 쌀쌀해 져가는 아침 저녁입니다.

　이곳 작은 소도시 충주는 그렇게 복잡하지는 않지만 거리에는 차들보다는 자전거가 많이 다니는 그런 곳이기도 합니다.

　제가 즐겨 타는 자전거는 나이가 좀 드신 분들이 즐겨 타시는 것처럼 낡고 허름한 그런 오래된 자전거에 몸을 싣고 거리를 누빌때가 많습니다.

　국토의 중심이라 그런지 몰라도 자전거 동회인들이 차값보다 더 나가는 그런 비싼 좋은 자전거를 타면서 국토를 누비며 다니는 분들을 많이 봅니다.

빠짐없이 이곳 한강을 따라 달려오고 혹은 달려가면서 들리는 탄금대 입니다. 공원 모퉁이에서 자전거를 멈추고 점검하시는 많은 분들을 보면서 느끼는 것은 젊었다는 것 그리고 되게 많이 행복해 보인다는 것입니다. 도대체 저들의 직업은 뭐지, 그렇게도 시간이 많고, 돈은 언제 벌고 하는 그런 생각을 많이 합니다. 새파란 젊은 애들부터 저보다 훨씬 연세가 많아 보이는 분들도 가끔 보이기도 합니다.

아주 옛날 나에 어린시절에는 이 자전거 한대로 배달하던 장사하면서 열심히 살아가시던 어르신들이 생각납니다. 시커먼 짐발이 자전거에 짐을 잔뜩 싣고 두발로 힘겹게 페달을 밟으면서 이 동네, 저 동네 다니면서 장사 하시던 쌀장사, 그리고 기억에서 영원히 지워지지 않는 아이스케키 아저씨, 아저씨가 올때마다 (마늘이며 고추며 쌀 갖가지 농산물을 주면서) 마을 꼬마들은 모여서 돈은 없고 먹고 싶은 마음은 ~ . 한때는 저 아저씨 따라 다니면 아이스케키는 많이 먹을 수 있지 않을까 하는 생각도 한 적도 있었다.

지금의 슈퍼에서 파는 것 보다는 훨씬 맛이 없고 그런 아이스케키 였지만, 그때는 왜 그렇게 맛이 있었는지 모르는 아이스케키였다.

아이스케키 장사가 마을을 빠져 나가면 마을어귀에는 어느새 가위소리가 철거덕 소리를 내면서 꼬마들을 불러 모은다. 엿장수 할아버지 오셨다. 그렇게도 맛나는 엿, 아무리 먹어도 질리지 않는 엿이었다. 천천히 리어카에 엿을 싣고 밭에는 곡식들 또는 고물을 싣고 다니시는 그 할아버지는 친근하고 다정하고 그냥 좋은 옛날 어린시절 나에 진짜 할아버지처럼 좋으신 분이었다.

이곳 충주만 그런 것은 아니겠지만, 이 자전거는 쓸쓸함을 주는 자전거이기도 하다. 연로하신 어르신들이 폐휴지를 모으려고 쓰레기 모아 놓은 곳을 다니시면서 고물을 찾고, 돈 될만한 것을 찾아서 자전거에 매달고 혹은 묶어서 다니는 너무나 슬픔을 안고 있는 자전거 이기도 하다.

이 사회에서 보여주지 말아야 되고, 보이지 않아야 될 너무나 힘들고 어렵게 살아가시는 어르신들의 모습이다. 젊었을 때는 늙어서 이렇게 살줄 누가 알았을까. 리가 있다면 자식을 위해 가족을 위해 평생을 열심히 살아온 죄 밖에 없는데, 말년도 역시 너무 힘들게 살아가시는 분들이 너무나 많은 우리의 슬프고 아픈 현실에 마음이 너무 아프다.

날씨로 시작해서 자전거에 얽힌 이야기 쪼끔 하다 보니 역시 내 마음이 슬픔으로 많이 찾아 다니는지 오늘도 슬픔으로 펜을 내려 놓는다. 〈오늘도 많이 감사합니다. 추워져요. 감기 조심하세요〉

49
좀 늦은 저녁을 먹고

좀 늦은 저녁을 먹고 부른 배를 움켜쥐고 대문을 열고 집을 나선다. 하얀 설경의 세상.

눈을 밟는 것, 젊었을때는 즐겁고 재미있는 일이었지만, 지금은 왠지 인생무상 그자체다. 왜일까?

찌들고 찌든 인생길에서 즐거움보다는 가슴 아픈 일, 마음 아픈 일 등 기쁨보다 슬픔이 많은 날을 살아왔기 때문이 아닌가 싶다.

생로병사의 인생 나는 어디까지 어떻게 가고 있는 것인지 모르겠다.

태어나서 얼마나 늙었는지 모르겠다. 벌써 이 나이에 늙었음을 이야기 하는 것 자체가 너무 우스운 이야기가 아닌지.

왠지 해가 가고 달이 갈수록 인생에 대한 공허감, 나는 누구인가의 의문점에 많은 쓸쓸함, 공허감, 아쉬움 등등 후회의 발걸음이 자꾸만 자신을 초라하게 만들고 있는 것 같다.

얼마만큼의 행복을 누렸는지 궁금도 하다.

내 나이의 타인에 비해서 나는 과연 얼마만큼 자신있고, 행복하고 남에게 지탄의 대상이 되지 않고 살았는지 의문스럽다.

하루 하루를 살면서, 편안함에만 안주하면서 크게 일을 벌리려 하지 않고 어제같은 오늘, 오늘같은 내일, 도전을 싫어하는 그저 평범하게 조용히 있는 듯, 없는 듯, 살며시 나타났다가 슬그머니 사라지는 그런 인생을 원하면서 지금도 그렇게 하면서 살고 있는 것은 아닌지 모르겠다.

평범하게 그리고 조용히 그리고 모든 진리에 순응하면서 거기에 대입시켜 살려고 하는 것이 아닌가 싶다.

조용히 방문을 열고 잠자고 있는 아내와 아이들을 바라본다. 보이고 싶지 않은 부끄러운 남편, 아버지의 자화상.

인생은 아직 멀었는데, 인생은 아직 멀었는데...

50
내 마음을 바꾸면서 살아간다

사람들은 제각기 상대방의 마음을 알고 싶어한다.

저 사람은 어떤 사람일까?

무슨 마음을 가지고 살아가고 있나?

등등을 말이다.

가까이 다가가려면 상대방의 마음을 읽어야 하고, 무엇을 좋아하고, 무엇을 즐기는 지 대강은 알아야 그 사람한테 다가갈 수 있다.

알아보는 과정에서 나와 많은 부분이 공감되면 우리는 서로 많이 친해지게 된다. 마음이 통하지 않더라도 득과 실을 따져서 실보다 득이 많다고 판단되면 그 사람의 마음에 맞게 내 마음을 바꾸면서 살아가게 된다. 그것이 바로 우리들이 흔히 말하는 처세술이다.

성공의 지름길을 빨리 찾아가는 사람일수록 이 처세술을 잘 하는 것 같다. 비록 능력이 안되고 그릇도 안되지만, 그 빈 공간을 처세술로 채워서 지금보다 더 큰 사람이 되는 것이 아닌가 한다.

일상에서 느끼는 사람들의 마음은 아주 어릴때부터 이 기술에 빨리 적응을 하고 성장하는 사람들은 남보다 일찍 정상을 오를 수 있었다. 그러나, 그 비정상적 처세술로 정상에 오른 사람은 그리 오래가지 않는다는 것이다.

느리지만, 더디지만, 차근 차근히 자신만의 노하우를 창조해서 나간다면, 그 사람의 정상은 오래 가고, 튼튼하고 견고할 것이다.

처음에는 호기심으로 그 호기심이 채워지는 과정에서 나에게 별로 득이 없다고 생각하면 자연히 그 사람을 멀리하고 버리게 된다.

이 세상에는 어느 누구도 쓸모없는 사람은 없다.

많이 알고 배웠고 교양이 있으면 있는 그대로를. 좀 못배우고 무식하고 가까이 하기엔 너무 신경이 많이 쓰이는 사람은 그런 사람대로 나에게는 배울 점이 있다.

내가 가져가야 할 점이 있다는 것이다.

매일 만나는 사람이 일정하게 정해져있는 사람은 별로 나에게 배울점, 크게 성장해 나갈 수 있는 점을 그리 많이 배울수는 없는 것 같다고 생각한다.

왜냐하면 상대방에 대해 자신이 잘 알고 있다고 잘못된 판단을 하면서 살고 있기 때문이다.

매일 만나는 사람이 다른 사람은 정말 행복한 사람이다. 하루 하루에 새로운 세계에 빠져들어 즐거운 비명을 지르기 때문이다.

전자나 후자나 모두 우리의 마음을 크게 발전시키고 더 큰 사람으로 성장시키는 원동력이 된다.

결론은 우리 주위에 모든 사람은 모두 자신에게 행복을 가져다 주는 역할을 많이 한다는 사실이다.

우리의 살아감에서 그리 시간이 많다고 생각은 안한다.

유수같은 세월은 누가 잡을 수도 막을 수도 없기 때문이다. 그냥 물 흐르는대로 그 흐름에 자신을 맞추어서 살아야 된다고 생각한다. 흐르는 물을 막으면 역류해서 모든게 뒤죽 박죽 엉망이 된다는 사실이다.

마음을 비우고 상대방을 먼저 이해하고 나와는 좀 달라도 조금만 더 이해하면서 살아야 한다.

오늘은 이 세상 모든 사람들의 마음속에는 행복한 마음, 서로 사랑하는 마음, 따뜻한 마음으로 서로가 서로를 이해하면서 배려하면서 사는 사람들이 많은 세상으로 변해가기를 기원하면서 이글을 마친다.

51
지나간 시간은 다시 오지 않는다

　한 번 지나간 삶은 다시 오지 않듯이, 우리네 짧은 삶에서 많은 시행착오를 겪으면서 살고 있다. 가만히 생각해 보면 별거 아닌 것, 아무 것도 아닌 것, 대수롭지 않은 것에도 발끈하고 노하게 한다. 잠깐만 숨 한 번 고르고 생각해 보면 아차 하면서 진짜 별거 아닌데, 괜한 화를 내고 역정을 부린 것을 알게 된다. 속으로는 후회하면서 내가 잘못한 것을 알면서도, 그 알량한 자존심 때문에 즉석에서 사과하지 않고 있다가 좀 나중에 더 큰 오해를 사게 된다.

　처음에는 간단히 사과해도 될 일을 시간이 흐르면 흐를수록 더 큰 사과를 해야됨을 알면서도 주춤거리는 자신을 발견한다.

　상대방보다 자신이 더 초라하고 왜소하다고 느낄때는 더

그런 마음이 드는게 아닌가 한다.

대부분 사람들은 온전히 자신을 드러내놓고 살지는 않는다. 평생을 가까이 지내면서 상대방의 진실을 모르는체 겉모습만 알고 사는 사람이 너무나 많다.

그런 말이 있다. "불가근 불가원" 정말 어려운 말이 아닌가 한다. 가까이 하지도 말고 멀리 하지도 말라.

결국은 답이 없다. 때와 장소에 따라 자신의 속을 내보이는 정도를 가늠하면서 살아야되는게 아닌가 한다. 요만큼의 속을 드러내면, 이만큼의 득을 챙길 수 있고 드러내나 안 드러내나 조금의 득도 없으면 속마음의 문을 닫는 그런 경우가 아닐까?

지금까지 살아온 결과는 좀 이른 판단이지만, 배움의 차이에서 오는 자존심보다 "부"의 차이에서 오는 자존심이 더 큰 것 같다. 엄마의 뱃 속에서 나올때는 모두가 빈 몸이지만 주어진 환경과 조건에 따라 차츰차츰 신분의 격차가 벌어진다. 제일 많이 작용하는 것은 누구의 자식으로 태어나느냐가 큰 관건이 아닌가 한다. 세상을 보는 눈을 떴을 때 출발 지점이 엄청나게 크게 표시나는게 부모가 아닌가 한다.

그 옛날 등잔불 아래서 심지를 돋우면서 공부할 때 친구가 나보다 공부를 잘 한다고 느낄 때는 그 친구가 공부하는 방을 몇번씩 가서 확인하면서 살던 때도 있었다. 밤을 새우면서 친구의 방에 불이 꺼지면 조금 더 불을 켜놓고 공부해서 꼭 그 친구를 이기고 싶은 욕망으로 공부하던 그런 때도 나에게는 있었다. 하지만, 지금 생각해보면 다 부질없는 봄날 나른해서 잠깐 잠이 들었다가 깨는 일장춘몽이 아니었는가 생각한다. 많은 사람들은 인생 자체를 일장춘몽에 비교해서 말하는 사람도 많다. 어쩌면 그것이 맞는다는 생각이 든다. 지금까지 내 삶을 뒤돌아보니 맞다는 확신이 드니까 말이다.

살아온 삶만큼은 살아가지는 못하겠지만, 이제부터는 마음을 비우고, 어느 누구오도 비교하지 않고 다투려고 하지도 않고 이기려고도 하지 않는 있는 그대로의 내 모습으로 살아야된다는 확신이 든다.

조그만 욕심이 화근이 되어 다른 사람의 마음을 아프게 하는 일이 없도록 하고, 항상 먼저가 아니고 양보와 배려의 마음으로 조금더 부족하지만 만족을 느끼면서 사는 사람으로 살아야 겠다.

하늘에 태양은 오늘은 져도 내일은 또 떠오르듯이 길다면 긴, 짧다면 짧은 인생길을 가면서 아둥바둥 살아온 옛날이 정말 부끄럽게 살아온 세월이 아닌가 한다.

세상이 이만큼이라도 굴러가는 이유는 마음 착하게 사는 사람들이 악한 마음으로 남에게 해를 끼치면서 사는 사람보다 많기때문일 것이다.

자고 일어나면 살아있음에 감사하고 병원에 가면 아프지 않음에 감사하고 항상 모든 일에 감사함을 느끼면서 살아야 되지 않을까 한다.

　거리를 지나갈 때 최소한 나를 아는 모든 사람들한테 칭찬을 받지는 못할 망정, 손가락질은 당하지않는 삶을 살아야되지 않을까 싶다.

　최소한 "그 사람 괜찮은 사람이야."정도는 들으면서 살아야되지 않을까 한다.

　아직도 내가 제일 부러워하는게 있다면 부모님이 생존해 계시는 친구들이 너무 부럽다.

　나는 부모님에게 효도를 하지 못했다. 태어나게 해줌에, 감사함을 배우게 해줌에 고마움을 지금까지 무탈하게 살아옴에 행복함을, 이제라도 부모님께 말씀드립니다. 어머님은 86세에, 아버님은 93세에 하늘나라로 가셨지만, 그때는 부모님에게 조금만 더 잘해드리고 우리가 어렵더라도 모셨으면 100세는 꼭 채우실 수 있을실터인데 나는 정말 세상에 죄많이 짓고 보끄러운 삶을 사는 죄인이 아닌가 한다.

　얼마나 돈을 많이 벌고 바쁘게 살았는지는 몰라도 나는 부모님의 임종을 보지 못하고 살아온 불효막급 자식이다.

　아내는 정말 효부며느리였다. 시골 마을에는 나는 별로지만 시부모님에게 친부모 이상으로 잘 모셨고 입에 침이 마르도록 아내 칭찬에 내 어깨도 힘이 많이 들어간다. 장인, 장모님에게 너무너무 고맙다. 큰일이나 명절때 많이 생각나지만, 5월의 가정의 달에도 많이 생각나는 부모님이다.

아버님, 어머님 보고 싶습니다. 많이 많이요.

처음 펜을 들었을 때 내 삶에 반성의 마음을 쓰려고 했는데, 지금 생각해보니 부모님께 효도 못한게 제일 부끄럽게 여겨진다.

52
사탕 1개 요쿠르트 1개

어느 더운 여름날 길을 걷고 있었습니다.

눈 앞에 보이는 광경, 손수레에 폐휴지를 잔뜩 싣고 힘겹게 끌고 가시는 할아버지였다. 가던 길을 멈추고 슬그머니 손수레를 밀었다. 뒤를 돌아보시더니 아무 말씀없이 계속 가셨다. 어느 정도 가니까 좀 가파른 오르막길이었다. 나도 힘이 좀 들었다. 그렇게 오르막길을 올라오고, 내리막길이 시작되는데 할아버지는 수레를 멈추시고 그리고 나보고 오라고 손짓을 하셨다.

아무 말없이 허리춤을 만지작 만지작 하시더니 땀에 젖어 있는 사탕1개였다. 나한테 주시면서 하시는 말씀. 정말 고맙네. 이거 우리 할멈 주려고 아껴둔 것인데, 너무 고마워 자네한테 주네.

몇 번을 사양했지만 할아버지는 내가 그 사탕을 받아야

마음이 편하시다고 하시면서 내 손을 잡으시더니 손바닥에 놓으시면서 꼭 주먹을 쥐어 주신 할아버지.

비오는 어느 날

시골에 가려고 우산을 쓰고 가는 데, 앞에서 지팡이를 짚고 허리가 꼬부라진 할머니가 가고 계셨어요. 물론, 우산도 안쓰시고 우리 어머님, 할머님이 생각나는 순간이었어요. 다가가 우산을 씌워 드리면서 어디까지 가세요. 아무 말씀도 안하시고, 말을 못하시는건지, 안하시는건지 눈만 똥그랗게 뜨시고 나를 바라 보셨어요. 순간적으로 여기서 주춤하면 시골가는 버스를 놓치고 다음 차는 2시간을 기다려야 한다. 궁리끝에 지구대를 생각했어요. 지구대에 모셔다 드리고 헐레벌떡 달려오니 버스가 막 들어오고 있었지요.

53
가을이면

    가을이면 떡매를 메고 큰 가방이나 자루를 가지고 산에 오르곤 하던 옛날이었습니다. 먹고 사는 어려움도 있었지만 해마다 가을이면 우리의 형님, 아버님들이 도토리를 주으러 가셨지요. 메밀묵보다도 또 다른 맛의 도토리묵이 그런대로 맛이 좋았기 때문입니다. 가을에 도토리를 따다가 한 겨울에 묵을 해서 묵나물을 만들어 막걸리와 함께 드시던 옛 어르신들 길고 긴 겨울밤 사랑방에 앉아서 심심풀이 화투를 하다가 배가 출출하면 먹는 그 묵은 막걸리는 맛이 ~~~

    가을일을 어느정도 하면 마을에 수 많은 젊은 양반들이 산으로 도토리를 주으러 가면 이 산에서 떡매소리가 저 산에서 떡매로 도토리 나무 두들기는 소리가 들리곤 했습니다. 해마다 그

나무가 두들겨 맞는 곳은 같은 곳만 두들겨 맞아서 속살이 드러난 나무도 많았습니다. 한해가 지나서 아물만 하면 또 그곳을 두들깁니다. 떡매로 두들기기에는 딱 맞는 높이이기 때문입니다.

얼마를 산 이곳저곳을 다니다 도토리를 줍다보면 토종산밤나무를 만나게 됩니다. 그때는 도토리는 보이지가 않아요. 온통 그 밤을 줍기에 혈안이기 때문이지요. 도토리보다는 좀 크지만 맛이 그렇게 있을수가 없습니다. 배가 고프면 그 밤을 까먹으면서도 기분은 그렇게 좋을수가 없습니다. 가끔가다 불청객 벌집을 모르고 건드리기도 하면 곤욕을 치르기도 합니다.

도라지도 옛날에는 흔하게 캘 수 있었습니다. 지금은 도라지 구경 하기가 힘듭니다. 산을 찾는 사람들이 너무 많아서 자라기도 전에 전부 캐가서 보기가 힘듭니다. 요즈음은 산 발매를 한 곳이 많아요. 그 이듬해 그곳에 가면 많은 도라지들이 겨울잠을 자다가 몇번만에 보는 태양으로 인하여 많이 얼굴을 내밀고 있습니다.

산삼도 도라지도 더덕도 땅속에서 나오지 않고 있는 기간이 있다고 합니다. 환경에 따라 몇년씩 잠을 자던 그 친구들이 고개를 내밀면 제법 약효가 나고 효능이 많은 친구들이 나온다고 합니다.

청색 꽃으로 자태를 뽐내는 도라지는 많습니다. 그러나 백색 꽃으로 예쁨을 과시하는 도라지는 보기가 힘듭니다. 약효가 더 많다고 합니다. 백도라지가요. 그런데 노랫말에도 있듯이 심심산천에 백도라지 한두~~. 귀한 몸은 그렇게 쉽게 찾을수가 없는가 봅니다. 꼭 심심산천으로 가야 하는 것인지를 말입니다.

가끔가다 구경하는 산삼은 큰 기쁨을 줍니다. 어르신들이 산삼은 마음씨 착하고 좋은일 많이 한 사람한테만 보인다고 했습니다. 그런데 저도 몇번 캤습니다. 제 마음씨도 조금은 착한가 봅니다. 산이 우리에게 주는게 너무 많았어요.

잔대, 도라지, 더덕 같은 (인간에게 진귀한) 도토리, 산밤, 버섯같은 임산물을 주는 산은 지금은 너무나 많은 사람들이 무분별하게 채취해서 산이 많이 아파하고 슬픔에 잠겨 있습니다. 아직 자라지도 않은 아가들도 싹쓸이 하고 있기 때문입니다.

옛날 어르신들이 도토리를 따면서 하신 말씀이 있어요. 내년에는 흉년이 들거라구요. 한해 도토리가 많이 달리면 그 다음해는 많이 열리지 않는다고 합니다. 정확한 설명은 드릴수가 없네요. 그 다음은 저도 알수가 없거든요. 몰라도 자연 생태계의 순환이 아닌가 합니다.

IMF가 터지기 직전에는 우리의 산천도 사람들이 마구 훼손을 시키지 않아서 좋았다고 합니다. 많은 사람들이 산으로 몰리면서 뜻하지 않은 많은 손님들은 수용하기에는 우리 자연도 많이 힘이 들었던 것 같습니다.

이제는 조금 생각을 바꾸어서 대자연과 공존하는 우리가

되었으면 합니다. 특히 산을 사랑하는 마음으로 옛날의 아름다운 우리 강산으로 되돌려 놓는 우리가 되는게 어떠신지요. 감사합니다.

54
어제 한양에

어제 한양에 볼일 보러 갔다가 늦게 왔습니다. 저녁도 건너 뛰고 곤하게 잠을 잤어요. 아침에 일어나서 간단히 요기를 하고 대문을 나섰습니다. 늘 외로움을 좋아하고 혼자만의 세계를 무척 좋아하는 저이기에 오늘도 조금도 슬프거나 괴로움은 아닙니다. 차분히 나만의 세상으로 들어갈때면 항상 기쁘고 즐거웠습니다.

너무나 소박하고 착하게 사시는 분들이 많고 연세가 지긋하신 어르신들이 많이 사는 저의 동네는 전 살기 좋은 마을이라 생각합니다. 집 모퉁이 자투리 땅에 도라지며 호박이며 고추 대여섯 나무를 심어 놓고 그것을 벗삼아 물을 주고 사랑을 주시는 어르신들을 많이 봅니다. 탐스럽게 달린 호박을 바라 보면서 흐뭇

해 하시는 어르신을 보면서 저도 많이 기분이 좋거든요. 예쁘게 핀 도라지꽃, 귀한 백도라지 꽃이 피었습니다. 심심산천에서만 볼 수 있는 꽃이기에 더 정감이 가고 눈길이 갑니다. 향기를 맡아 보고 싶어 살짝이 입맞춤합니다. 꽃이 질색을 하네요. 난 벌, 나비만 좋아요 라고 말을 합니다.

집 주위에는 이렇게 착하게 소박하게 사시는 분들이 많아요. 한분한분 뵐때마다 일일이 인사는 못드리지만 전 참 행복한 마을에 살고 있어서 좋아요. 흔히들 그런 소리를 합니다. 그 양반은 그분은 법 없이도 살 수 있는 분이라고, 그렇습니다. 제가 본 우리 마을에 사시는 분들은 법이 없어도 사실수 있는 그렇게 순박하고 착하신 분들입니다. 제 마음이 그렇게 변해 가는지 모르겠습니다. 착한 마음, 예쁜 마음만 가지고 살아가는 사람으로 말입니다.

매일 만나는 어르신들은 이제는 제가 좀 가까이 가면 인사를 드리려고 하면 먼저 인사를 하십니다. 매일 만나는 요구르트 아줌마는 늘 제 마음을 기쁘게 해 줍니다. 저도 친동생처럼 가까워지고 싶습니다. 말을 안해도 그분의 마음속에는 예쁘고 착한 마음이 늘 자리잡고 있는게 아닌가 합니다.

이발소 사장님이 문을 열고 손짓을 합니다. 저랑 나이가 똑같은데 20대 초반부터 이발소를 하시면서 단골이 많으신 사장님은 저를 꼭 서사장 이라와 커피 한잔해, 참 좋은 사장님입니다. 마을에 복덕방보다 더 어르신들이 많아요. 아무개 집 얼마에 나왔대 하면서 복덕방을 옮겨 놓은 곳 같은 이발소입니다. 그분이 많이 부럽습니다. 이발소를 차리면서 일찍 결혼을 하셔서 자녀들이 출가를 해서 손주 손녀가 대여섯명이나 있어요. 너무나 착하고 순박하신 좋으신 분입니다.

한잔을 얻어 먹고 나오는데 어디선가 많이 본듯한 얼굴이 보입니다. 생각은 안하지만 그분도 인사는 했어도 서로 알아보지. 기억이 나지 않는가 봅니다. 기억이 가물 ~~~

공원 벤치에 앉아서 잠시 나만의 세계에 빠집니다. 시에서 심어 놓은 머루덩굴에서 예쁘고 작은 새까만 머루송이 이끼들이 많이 달렸습니다. 산책하시던 어르신들이 따 잡수시면서 좋아하십니다.

어릴적 산에 가서 따 잡수던 기억이 어렴풋이 나는가 봅니다. 술을 담그신다고 많이 따시는 분도 있습니다. 할머니는 할아버지를, 할아버지는 할머니를 서로 따주시면서 소년, 소녀가 되신 기분이 드시는가 봅니다.

물질은 부자는 아니지만 마음만은 늘 부자인 저는 오늘도 행복합니다. 남들처럼 많이 배우지는 못했지만 가방끈은 짧지만 끈이 길고 머리회전이 명석한 그분들이 하나도 부럽지 않습니다. 세상은 그냥 남한테 지탄의 대상이 되는 일을 하지 않고 착하고 순박하고 좀 모자른척 하면서 그냥 지금처럼 예쁜마음으로 살아 가렵니다. 오늘은 벗님들 감사합니다. 행복한 하루 되세요.

55
날이 갈수록

날이 갈수록 풍요로움이 눈에 보이고 그냥 보고 있기만 해도 배부르고 하늘이 높고 말이 살찌고 하는 그런 계절은 문턱에서 오늘은 한동안 만나보지 못한 강가에서 자연과 이야기를 해 보려 합니다.

오면서 냇가에 피어서 예쁨을 과시했던 이름모를 꽃들은 보이지 않고 다른 새로운 친구들이 나를 반겨 줍니다. 먼저 지나갈때는 허리 잘린 꽃, 목이 잘린 꽃들이 많아서 많이 슬펐는데 오늘은 그 꽃들은 없네요. 기쁩니다.

한 여름에 불어 대던 뜨거운 바람도 어디로 갔는지 시원한 살찌는 바람님이 저와 동행을 한다고 하면서 제 머리칼을 조금씩 건드리군요.

강뚝에 심어 놓았던 호박덩굴에서 엄마 호박, 아빠 호박, 아직도 크지 않은 아기 호박도 가족회의를 하는가 봅니다. 좀 길고 못생긴 아빠 호박, 좀 뚱뚱하고 동그란 엄마 호박이 아기 호박을 사이에 두고 소곤 거리고 있네요. 자신들을 예쁘고 낳아서 키워준 호박덩굴은 점점 말라가고 있고 호박잎도 너무 늙어서 떡잎이 많이 졌어요.

이따금 가다 보이는 코스모스 옛날에는 가을이면 산천이면 어디서나 흔하게 볼 수 있었던 코스모스는 이따금 가다 보이고 있네요. 옛날의 그 많은 가족들은 어디서 잃어 버렸는지 너무나 쓸쓸해 보이는 코스모스의 모습입니다.

강뚝에 앉아서 강쪽이 아닌 들녘을 바라봅니다. 옛날에는 뜸부기가 많이 울었고, 황새와 두루미가 많이도 놀았던 들판에 지금은 그 친구들을 보기가 힘 듭니다. 다 어디가서 사시는지요.

이따금 가다 보이는 농부님은 만면에 웃음을 잔뜩 머금고 수줍음을 타듯이 고개를 숙이고 말이 없는 벼이삭을 만지면서 사랑해 줍니다.

고개를 돌려 강을 바라봅니다.

먼저 약속했던 그 고기가 보이지가 않아요. 나를 다음에 오면 용궁구경 시켜 준다고 했는데 기다리고 기다리던 끝에 전화가 왔어요. 아저씨 미안해요. 제가 몸이 아파서 용궁병원에 입원 했어요. 다음에 꼭 구경시켜 드릴께요. 아닙니다. 몸조리 잘하시구 빨리 일어나세요. 전화 속의 그 고기 목소리는 거짓이 아닌 진실이었습니다. 전 목소리만 들어도 알거든요.

기대반, 실망반을 안고 혼자 시큰둥 해져 봅니다. 강을 거슬러 올라가 탄금대를 올라 갑니다. 순국 선열, 6.25 참전용사의 충혼탑에 들려서 고개 숙여 인사를 합니다. 아무 말씀도 안 하시고 자네 또 왔구먼 하시는 그분들의 말씀이 들리는 것 같군요. 감사합니다. 고맙습니다.

사찰에는 노승이 이곳저곳을 둘러보고 있군요. 언제나 따뜻하게 대해 주시는 그 스님. 예전같이 찾아 주시는 분이 많지 않아서 걱정이라고 하시는군요. 스님을 뒤로 하고 학생들이 소풍오면 즐겨놀고 하는 그 자리에 왔습니다. 옛날에는 다람쥐가 반겨 주어서 친구도 많이 했는데 이제는 그 다람쥐를 잡아 먹는 청솔모라는 친구만 벌적벌적 합니다. 같이 좀 살면 어때서 나쁜 친구 청솔모입니다.

탄금대에 올라 봅니다. 옛날 00 장군이 왜놈들과 같이 싸우다 전사하신 곳이라고 알고 있는데 정확히는 몰라요. 우륵선생이 거문고를 타던 곳도 어디인지 정확히 알수는 없지만 역사의 슬픔이 많이 깃들여 있는 곳 탄금대

마음이 많이 무겁습니다. 탄금대를 찾을때는요. 그러나 강물을 바라볼때는 더 아픕니다.

제대로 훈련도 받지 않고 나라를 위해 몸바친 00장군과 그 휘하의 부하들... 많이 고맙습니다. 많이 감사합니다.

천천히 아주 천천히 가던 길을 되돌아 오면서 나라를 위

해 가신 그분들을 생각합니다. 그분들이 계셨기에 대한민국
이 있다는 사실을... 오늘도 감사합니다. 벗님들 안녕.

56
자네도 멀지 않았어

저도 많이 느끼면서 살아요. 나이가 들어 갈수록 외로워
진다구요. 만나는 모든 사람은 되도록이면 젊고 예쁘고 아
름답고 멋있고 중후한 그런 분들과 이야기 하는걸 좋아하고
기뻐해요. 전 그런 조건에는 한가지도 맞지 않아요.

젊은 애들이 이야기의 주제가 무엇인가 알고 같이 공감해
주면, 얼굴은 좀 못 생겨도 공감해주고 호응해 주고 좋아 해
요. 중년의 길을 묵묵히 걷고 있는 저 같은 분들은 좀 피곤
해요. 어르신들의 마음을 헤아리고 같이 말동무 해 줘야 하
고 항상 그분들이 하시는 말씀, 자네도 멀지 않았어. 그 한
마디는 많은 생각을 하게 합니다. 우리보다는 좀 젊은이와
친하려 하면 절대 내가 자네 나이때는 이라는 말로 시작해
서는 안 돼요. 가장 상대방을 아프게 하는 말이거든요. 무의

식 중에 많은 사람들이 말의 서두를 꺼내는 말

해마다 찾아오는 가을은 쓸쓸함을 많이 가져다 줘요. 세월이 가는걸 잡을 수는 없듯이, 나이가 들어감을 막을 수는 없어요. 자연의 순리대로 젊음은 젊음대로 늙어감은 늙어감대로 예쁘고 고귀함을 주는 행복이라고 생각합니다.

아침에 일어나 곤히 잠자는 아내를 바라봅니다. 많이 일그러진 얼굴, 헝크러진 머리결, 삶의 과정에서 너무나 힘들게 내 뒤를 묵묵히 따라온 아내 입니다. 자세히 보면 나보다 흰머리가 더 많이 보이는 아내입니다.

가끔가다 혼자서만의 세계에 빠질때면 살아온 뒤안길을 많이 뒤돌아 봅니다. 기쁨보다 슬픔, 아픔의 세월이 많았지만 그래도 옛날은 아름답고 행복한 세월이 더 많이 떠오르고 생각나는 그런 순간입니다. 벗님은 현재 행복하십니까. 예 라고 큰소리치시는 벗님이 부럽습니다. 앞으로도 계속 행복하세요. 짧은 인생, 기쁨과 즐거움, 행복함만 가지고 살기에도 모자라는 시간입니다. 서로 미워하고 싫어하고 손가락질 하지 말고 시기하지 말고 질투하지 말고 예쁜 마음 착한 마음만 가지고 살아가는 그런 사람으로 살기예요. 벗님들~.

마음이 무겁고 혼란 스러울때는 자연속으로 들어가요. 얼마나 포근하고 따뜻하고 안정감을 주는지 몰라요. 어릴때 자랄때 힘들고 괴롭고 어려울때면 어머님의 품안에 안기면 모든게 전부 해결될때처럼 자연은 어머님의 품처럼 아늑하고 따뜻합니다.

마음이 무겁고 혼란스러울때 아기의 마음속으로 들어가요. 그렇게 좋을수가 없어요. 엄마가 모든걸 다 해결해 주시니까요. 그런 두마음은 젊을때나 늙어서나 항상 간직하고 살면 물질적인 불행은 있을지 몰라도 마음속에는 항상 부자이고 행복합니다.

큰 맘먹고 오늘은 곤하게 자는 아내를 위해서 앞치마를 두르고 밥을 합니다. 벗님들은 이미 예전부터 많이 하시고 계시는 일 저는 시작한지 얼마 안돼요. 생활의 불규칙 속에서 집에서 생활하는 시간이 늘어감에 따라 자연히 생활속에 습관으로 바뀌어 가는 제 자신을 발견 합니다.

아내가 만들어 준 반찬 예전보다 많이 맛은 없어도 많이 맛있다고 하세요. 고맙다고 하세요. 그것은 행복입니다. 사랑입니다. 살며시 한번씩 가끔가다 아내를 기쁘게 해 주세요. 살아가면서 아내가 최고이고 낭군이 최고입니다. 남은 인생을 살아온 세월보다 살아갈 세월이 짧아요.

오늘도 행복한 하루를 보내시고 계시나요.

세월 속에 묻혀서 남은 세월 행복의 굴레에서 둥글둥글 살아가는 벗님들이 되시기를 ～～～ 감사합니다. 오늘도 고맙습니다.

57

마루에 앉아서 ~

　마루에 앉아서 온 식구가 저녁을 드시는 시골 마을의 옛
날 아름다운 모습입니다. 등잔불을 밝혀놓고 모기는 극성을
부리지만, 할아버지 할머니의 겸상 앞에는 환한 등잔불이지
만, 엄마, 아빠 우리들의 상에는 어둠컴컴 하기만 합니다.

　온종일 일에 지친 아버님은 요즈음 추수 걷워 드리는 시
기에 잦은 비로 인하여 신경이 많이 날카로우신지 심기가
많이 불편 하신가 봅니다. 아무 말씀 없이 된장에 고추 대여
섯개로 식사를 뚝딱 하시고 자리를 일어 나시는군요.

　할아버지 할머니가 식사를 다 하셨는가 봅니다. 어머님은
부엌에 숭늉을 뜨러 나가시네요. 항상 식사 후에는 할아버
님이 찾으시는 숭늉, 오늘도 어머님은 정성을 다하여 쟁반
에 예쁘게 받쳐 들고, 할아버님께 올립니다.

막내는 두 다리를 벌리고 투정을 합니다. 식사 때마다 어머님이 맛있게 비벼 주시는 밥이 또 먹고 싶은가 봅니다. 사랑이라는 양념으로, 행복이라는 정성을 다해서 비벼 주시는 그 밥은 정말 맛있습니다. 몇번이고 빼앗아 먹어 보면서 나도 투정을 부리고 싶습니다. 하지만 난 엄마니까 그렇게 할 수는 없습니다. 어릴때 그런 생각을 많이 했습니다. 왜 나에게는 예쁜 누나나 여동생이 없을까 하고 말입니다. 예쁜 누나나 여동생이 있는 친구들이 많이 부러웠습니다. 우리 부모님은 욕심장이 입니다. 엄마같은 맨 위에 누나 한분, 밑으로 내리 아들만 다섯 저는 끝에서 두번째로 엄마들과 나이 차이가 많아서 엄마가 아닌 아빠 같은 느낌이 드는 엄마들은 별로 였습니다.

아버님은 항상 꼼꼼하시고, 뒤끝이 없으시고 작지만 단단하신 그런분이었습니다. 한번도 아픔을 겉으로 내색하시지 않고 언제나 혼자 속으로 덮으시는 그런 분입니다.

어머님은 '자랑은 아니지만 한석봉 어머님, 이율곡 어머님처럼 대한민국에서 제일 훌륭하신 어머님 이십니다. 항상 웃으시고 말이 없으시고 사람들과 어떠한 일이 있어도 다툼이 없으신 정말 착하신 어머님이십니다. 아침, 저녁으로 하루도 빠짐없이 예배당에 가셔서 하느님 앞에서 기도하시는 어머님 이시거든요.

막내는 저보다 세살 작지만 지금은 너무 늙었습니다. 흰머리가 저보다 더 많은데 누가 보면 제가 아우인줄 압니다.

할아버지가 무척 많이 무서웠습니다. 단 한사람 할아버지의 사랑을 받는 동생이 미웠습니다. 할아버지는 동생을 막내라 그런지 몰라도 모든 응석, 원하는 모든것을 들어 주시는 분이었습니다. 반대로 저는 항상 뒤에서 찬밥 신세, 그렇게 많이 차별이 심했습니다. 그때는 몰랐습니다. 이제는 압니다. 막내의 특권 이라는 걸요. 막내에게 자동적으로 주어지는 행복이라는걸 말입니다.

저녁을 마치고 마루에 누웠습니다.

아직 초저녁이라 그런지 별님이 뜨문뜨문 보입니다. 별이 뜨지 않고 달만 뜨는 날이면 옹달샘에서 물을 마시는 토끼나 보이는데, 오늘은 조금 있다 북두칠성을 만나면 왜 너는 별이 일곱이냐고 물어 봐야 겠습니다. 몇번이고 물어 봤지만 대답을 해주지 않아요.

어디서 날아 왔는지 아주 작고 예쁜 반딧불이 눈 앞에서 춤을 춥니다. 밤에는 밝고 예쁜데, 잡아서 낮에 보면, 불에 비춰 보면 그냥 평범한 벌레 입니다. 많은 사람들이 반딧불에 담긴 사연을 알고 있습니다. 옛날 밤에 불이 없어서 많이 잡아서 그 불빛 밑에서 공부를 하고 글을 읽었다는 이야기를 들었습니다.

뒤안에 몇나무 심어 늙은 옥수수를 꺽어서 작고 예쁜 검정솥에 삶아서, 배는 고프지는 않지만 한알한알 따 먹는 재미도 쏠쏠 합니다.

마루밑에 강아지가 저하고 놀아 달라고 꼬리를 흔들면서

내 옆에 앉았습니다. 귀엽고 예쁜 강아지, 먼저 장에 아버님이 사 오셨습니다.

할아버지 할머니 밑에서 막내 때문에 귀여움은 사랑은 받지 못하고 자랐지만, 그때는 많이 행복했습니다. 영원히 크지 않고 어른이 되지 않고 그대로 였으면 좋겠다는 생각도 했었습니다. 지금 생각하면 많이 웃기는 생각입니다.

할아버님은 호출입니다. 항상 글을 쓰시면 동생한테는 아무것도 시키지 않고, 나한테만 먹을 갈라고 하시는데 그때는 할아버님이 많이 미웠습니다. 지금은 아니지만 밤 아랫목에 커다란 상위에 한지를 깔아 드리고, 붓을 빨아서 준비해 놓으면 글을 다 쓰시고 나면 그 뒷정리도 제가 해야 하는 몫입니다.

사시사철 하얀 두루마기에 갓을 쓰시고 긴 담뱃대에 담배를 태우시는 할아버님은 이 시대의 마지막 양반의 길을 가신 분이기도 합니다.

아버님, 어머님 보다는 할아버님, 할머님 많이 생각나는 오늘 입니다.

할아버님 먹갈아 드릴께요. 한지도 펴 놓고 붓도 빨아 놓았습니다. 할아버님만 오시면 되는데 ~~~

감사합니다. 오늘도 고맙습니다.

그 누군가에겐
희망이 되어 주기를

서창범 지음

초판 인쇄 2016년 12월 5일
초판 발행 2016년 12월 10일

발행인 이태선
발행처 창작시대사
서울 마포구 성미산로 188
전화 02-325-5355
FAX 02-325-5385

ISBN 978-89-7447-205-4 03810

정가 13,000원